Paunang Salita

Ito ay aklat na dinisenyo para sa Pilipinong wala pang alam o magsisimula pa lamang mag-sariling aral ng Mandarin.

- **Unang Hakbang**: Kilalanin ang mga notas ng ponetika at ang mga "pinyin" ng Mandarin.

  Unahing alamin ang 37 na ponetika at ang sunod-sunod na pagka-ayos ng mga "**Inisyal**", "**Gitnang Katinig**" at "**Patinig**". Saka dagdagan ng mga "Tono" para mabigkas ng mabuti ang Mandarin. May kasama pang pagsasanay sa pagsusulat ng mga ponetika, para matandaan ng mabuti.

- **Pangalawang Hakbang**: Meron 22 piling-pili at praktikal na aralin na binubuo ng "pag-uusap", "bokabularyo", "mga kaugnay na salita" at "pag-larawan ng gramatika".

  Sa simula ay matututunan makipag-usap sa tao sa unang pagkikita. "Nagagalak ako na makilala ka" at 22 na pinaka-praktikal at madalas na gamitin sa usapan. Sa parte ng "**usapan**", ginawa itong mas maikli para mas malinaw na ipahayag. Sa parte naman ng "**bokabularyo**", inayos at pinagsama din ang mga madalas gamitin sa pang-araw-araw na paguusap, para madaling kabisaduhin. Maliban dito ay may karagdagan pang mga madalas na ginagamit na "**mga kaugnay na bokabularyo**".

Talaan ng nilalaman

Kilalanin ang mga notas ng ponetika at Pinyin ng Mandarin 002

01 Nagagalak ako na makilala ka 019

02 Yan ang bagahe ko. 030

03 Nasa ika-ilang palapag ang kuwarto? 038

04 Chiang Kai-shek Memorial Hall 056

05 Ano ang mga lakad (itinerary) ngayong araw? 082

06 Pag-tawag sa telepono 095

07 Saan ka pupunta? 105

08 Papunta sa pos opis (post office) 122

09 Tanong o panayam 134

10 Pamilya 140

11 Ospital (pagamutan) 150

12　Lumabas at maglibang　161

13　Restawran　169

14　Department store　177

15　Bumili ng gamit　188

16　Manood ng sine　198

17　Magpagupit ng buhok　211

18　Nagkita ang magkaibigan　220

19　Panahon　232

20　Mag-aral ng Mandarin　244

21　Palengke　255

22　Pagbili ng inumin　262

Kilalanin ang mga notas ng ponetika at Pinyin ng Mandarin

1 Tsart ng mga notas ng ponetika at Pinyin ng Mandarin 🔊 00-1

Inisyal						Gitnang Katinig	Patinig			
ㄅ	ㄉ	ㄍ	ㄐ	ㄓ	ㄗ	ㄧ	ㄚ	ㄞ	ㄢ	ㄦ
b	d	g	j	zh	z	i	a	ai	an	er
ㄆ	ㄊ	ㄎ	ㄑ	ㄔ	ㄘ	ㄨ	ㄛ	ㄟ	ㄣ	
p	t	k	q	ch	c	u	o	ei	en	
ㄇ	ㄋ	ㄏ	ㄒ	ㄕ	ㄙ	ㄩ	ㄜ	ㄠ	ㄤ	
m	n	h	x	sh	s	ü	e	ao	ang	
ㄈ	ㄌ			ㄖ			ㄝ	ㄡ	ㄥ	
f	l			r			ê	ou	eng	
Tunog na galing sa labi	Tunog na galing sa dulo ng dila	Tunog na galing sa likod ng labi	Tunog na galing sa ibabaw ng dila	Tunog na tinitiklop ang dila	Tunog na patag ang dila	Tunog na gitnaan ng katinig	Isang patinig	Dalawang patinig	patinig na galing sa ilong ang tunog	Patinig na tinitiklop ang dila

2 Mga tono

Mayroon apat na tono ang Mandarin, ang mga ito ay ang unang tono, pangalawang tono, pangatlong tono, pang-apat na tono at pinong tono.

3 Ang pagkakasunod-sunod na hilera ng Pinyin

Ang mga nota ng ponetika at Pinyin ay may sinusunod na hilera, at ang mga ito ay dapat ayon sa pagkakasunod-sunod ng "**Inisyal** → **Gitnang Katinig** (Pre-nuclear Guide) → **Patinig**".

4 Pamamaraan kung paano lagyan ng marka ang mga nota ng tono

Ang pangalawang tono, pangatlong tono at pang-apat na tono ng ponetika ay nasa kanan ang marka at ang pinong tono naman ay nasa taas ng ponetika ang marka. Ang unang tono naman ay hindi kailangang lagyan ng marka.

Kung Pinyin naman, lahat ng mga tono ay nasa taas ang marka, at yung pinong tono ay hindi kailangang lagyan ng marka.

Pagka sunod-sunod	Unang tono	Pangalawang tono	Pangatlong tono	Pang-apat na tono	Pinong tono
Ponetika	Hindi Kailangan markahan	╱	V	╲	•
Pinyin	−	╱	V	╲	Hindi Kailangan markahan

5 Paano markahan ang mga nota ng ponetika at Pinyin. 🎧 00-2

Unang tono	Pangalawang tono	Pangatlong tono	Pang-apat na tono	Pinong tono
媽ㄇㄚ	麻ㄇㄚˊ	馬ㄇㄚˇ	罵ㄇㄚˋ	嗎ㄇㄚ˙
mā	má	mǎ	mà	ma

6 Demonstrasyong aralin ng Pinyin 🎵 00-3

ㄅ
b

爸ㄅㄚˋ 爸ㄅㄚ
bà   ba
Tatay

ㄆ
p

蘋ㄆㄧㄥˊ 果ㄍㄨㄛˇ
píng   guǒ
Mansanas

ㄇ
m

媽ㄇㄚ 媽ㄇㄚ
mā   ma
Nanay

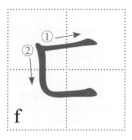

番ㄈㄢ 茄ㄑㄧㄝˊ

fān qié

Kamatis

弟ㄉㄧˋ 弟ㄉㄧ˙

dì   di

Nakababatang kapatid na lalaki

兔ㄊㄨˋ 子ㄗˇ

tù   zi

Kuneho

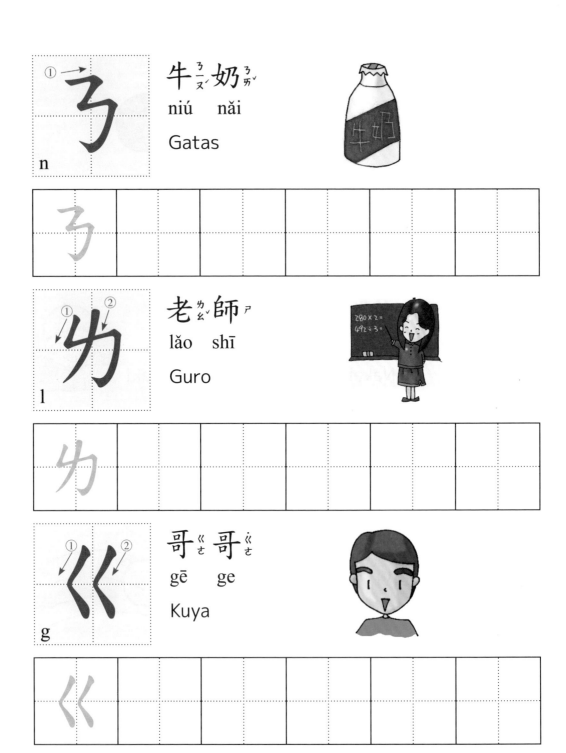

牛ㄋㄡˊ 奶ㄋㄞˇ
niú nǎi
Gatas

ㄋ
n

老ㄌㄠˇ 師ㄕ
lǎo shī
Guro

ㄌ
l

哥ㄍㄜ 哥ㄍㄜ
gē ge
Kuya

ㄍ
g

① →
②
丂
k

咖ㄎㄚ 啡ㄈㄟ
kā fēi
Kape

① →
②
厂
h

河ㄏㄜ 馬ㄇㄚ
hé mǎ
Hippo

① ②
ㄐ
j

剪ㄐㄧㄢ 刀ㄉㄠ
jiǎn dāo
Gunting

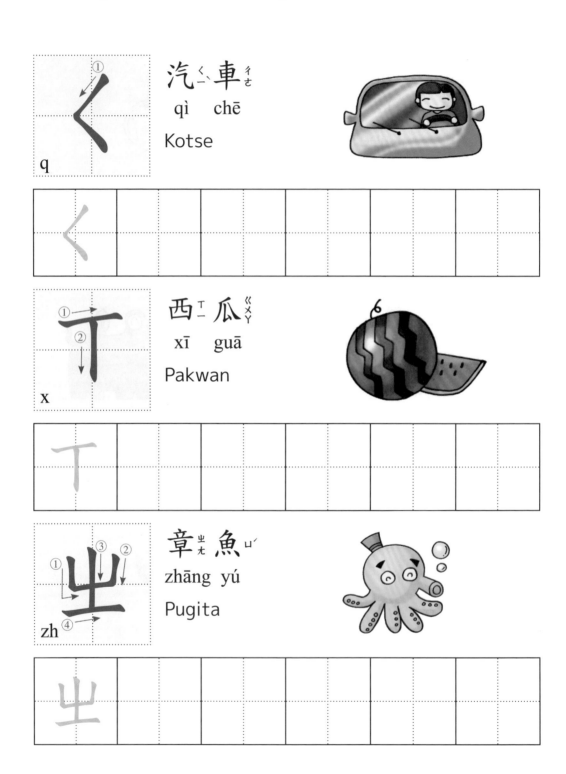

汽く̌ 車ㄔㄜ

qì chē

Kotse

西ㄒ 瓜ㄍㄨ

xī guā

Pakwan

章ㄓㄤ 魚ㄩˊ

zhāng yú

Pugita

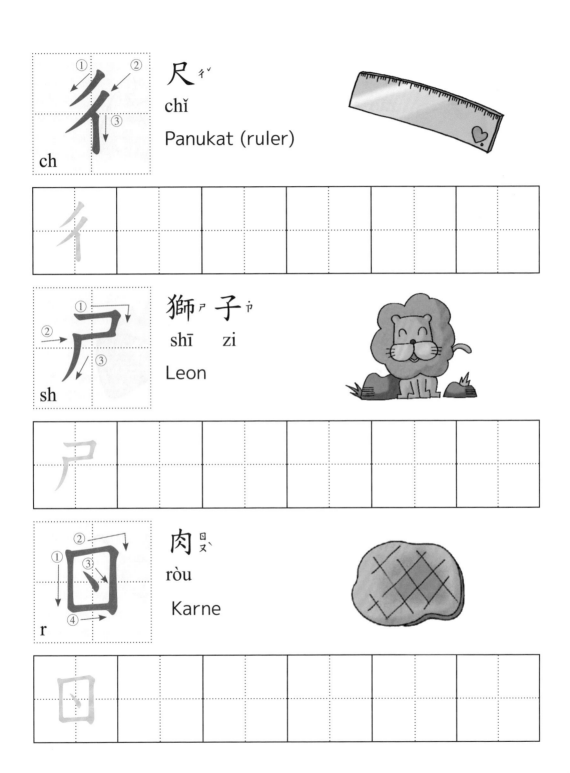

尺 ㄔˇ
chǐ
Panukat (ruler)

ch

獅 ㄕ 子 ㄗ˙
shī   zi
Leon

sh

肉 ㄖㄡˋ
ròu
Karne

r

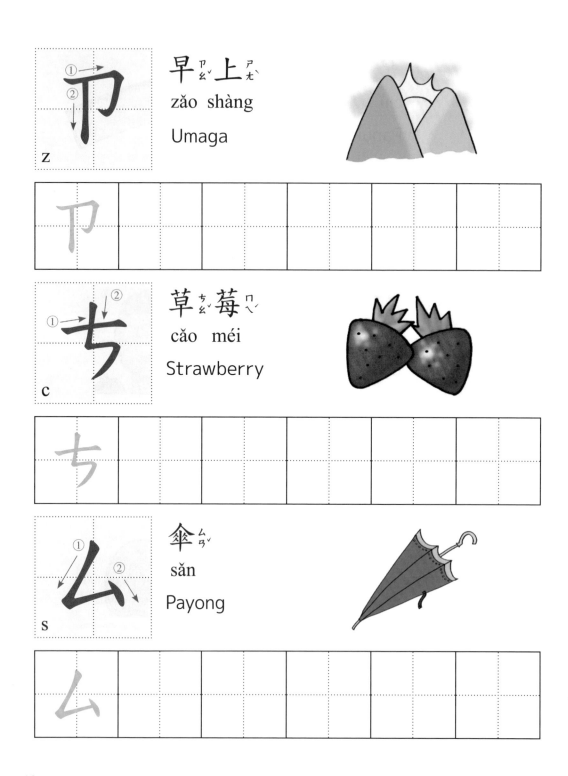

① →
②

ㄗ
z

早 ㄗㄠˇ 上 ㄕㄤˋ

zǎo shàng

Umaga

①→ ㄘ ②
c

草 ㄘㄠˇ 莓 ㄇㄟˊ

cǎo méi

Strawberry

① ㄙ ②
s

傘 ㄙㄢˇ

sǎn

Payong

衣-服 ㄈㄨˊ
yī fú
Damit

龍 ㄌㄨㄥˊ
lóng
Dragon

魚 ㄩˊ
yú
Isda

牙 ㄧㄚˊ 刷 ㄕㄨㄚ

yá　shuā

Sipilyo

a

火 ㄏㄨㄛˇ 柴 ㄔㄞˊ

huǒ　chái

Posporo

o

熱 ㄖㄜˋ

rè

Mainit

e

③ ②
①→ ㄝ
ê

椰 ㄧㄝˊ 子 ㄗ˙
yé   zi
Niyog

ㄝ

① →
② ㄞ ③
ai

麥 ㄇㄞˋ 克 ㄎㄜˋ 風 ㄈㄥ
mài kè fēng
Mikropono

ㄞ

① ㄟ
ei

杯 ㄅㄟ 子 ㄗ˙
bēi   zi
Tasa

ㄟ

餃ㄐㄠˇ 子ㄗ˙

jiǎo   zi

Dumpling

ao

壽ㄕㄡˋ 司ㄙ

shòu   sī

Sushi

ou

安ㄢ 全ㄑㄩㄢˊ 帽ㄇㄠˋ

ān   quán mào

Helmet

an

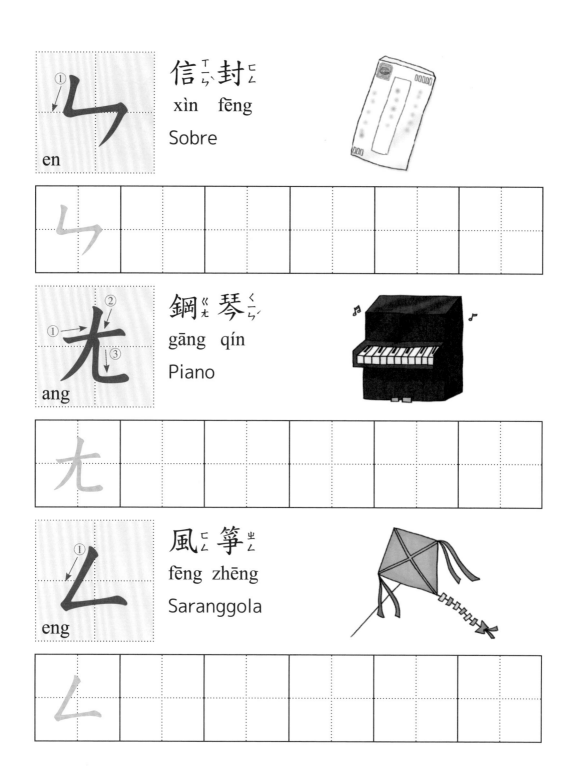

ㄣ
en

信ㄒㄧㄣ 封ㄈㄥ
xìn fēng
Sobre

ㄤ
ang

鋼ㄍㄤ 琴ㄑㄧㄣ
gāng qín
Piano

ㄥ
eng

風ㄈㄥ 箏ㄓㄥ
fēng zhēng
Saranggola

耳ㄦˇ 朵ㄉㄨㄛ

ěr　　duo

Tainga

第 01 課

ㄉㄧˋ　　　ㄎㄜˋ

初ㄔㄨ 次ㄘˋ 見ㄐㄧㄢˋ 面ㄇㄧㄢˋ，請ㄑㄧㄥˇ 多ㄉㄨㄛ 多ㄉㄨㄛ 指ㄓˇ 教ㄐㄧㄠˋ
chū　cì　jiàn　miàn　　qǐng　dūo　dūo　zhǐ　jiào

Nagagalak ako na makilala ka

Pakikipagusap

 01-1

Mangyari pong sumangguni sa pahina 24 para sa paglalarawan ng teksto

妳ㄋㄧˇ[1] 是ㄕˋ 陳ㄔㄣˊ 美ㄇㄟˇ 玲ㄌㄧㄥˊ[2] 小ㄒㄧㄠˇ 姐ㄐㄧㄝˇ 嗎ㄇㄚ？ nǐ　shì chén měi líng　xiǎo jiě　ma	Ikaw ba si Miss Chen Mei Ling?
是ㄕˋ。我ㄨㄛˇ 是ㄕˋ 美ㄇㄟˇ 玲ㄌㄧㄥˊ[3]。 shì　wǒ　shì　měi líng	Oo. Ako si Mei Ling.
她ㄊㄚ 是ㄕˋ 誰ㄕㄟˊ？ tā　shì　shéi	Sino siya?
她ㄊㄚ 是ㄕˋ 我ㄨㄛˇ 朋ㄆㄥˊ 友ㄧㄡˇ。 tā　shì　wǒ péng yǒu	Siya ay kaibigan ko.

他也是你朋友嗎[5]？ tā yě shì nǐ péng yǒu ma	Kaibigan mo din ba siya?
不是，他是我先生。 bú shì tā shì wǒ xiān shēng	Hindi, asawa (mister) ko siya.
我先生是小學老師。 wǒ xiān shēng shì xiǎo xué lǎo shī	Guro ng elementarya ang asawa (mister) ko.
你們好[6]。很高興[7]認識你們。 nǐ men hǎo hěn gāo xìng rèn shi nǐ men	Kumusta kayo. Natutuwa akong makilala kayo.
我姓王[8]。請多多指教。 wǒ xìng wáng qǐng dūo dūo zhǐ jiào	Wang ang apelyido ko. Sana ay bigyan niyo po ako ng mga patnubay.
歡迎你們。 huān yíng nǐ men	Maligayang pagdating sa inyo.

Bokabularyo

🎧 01-2

初次 chū cì	Una	見（面） jiàn (miàn)	Pagkikita
妳 nǐ	Ikaw (babae)	你 nǐ	Ikaw (lalake)
她 tā	Siya (babae)	他 tā	Siya (lalake)
我 wǒ	Ako	是 shì	Ay
不是 bú shì	Hindi	陳（姓氏） chén (xìng shì)	Chen (Apelyido)
王（姓氏） wáng (xìng shì)	Wang (Apelyido)	美玲 měi líng （女子名） (nǚ zǐ míng)	Mei Ling (pangalan ng babae)
小姐 xiǎo jiě	Miss/ Binibini	朋友 péng yǒu	Kaibigan

也 yě	Din	嗎 ma （疑問助詞） (yí wèn zhù cí)	Ba (Gamit sa pagtanong)
先生／ xiān shēng / 丈夫 zhàng fū	Asawa (mister)	小學 xiǎo xué	Elementarya
老師 lǎo shī	Guro	你們 nǐ men	Kayo
好 hǎo	Ayos	高興 gāo xing	Nagagalak
認識 rèn shi	Kilala	請 qǐng	Pakiusap
多多指教 dūo dūo zhǐ jiào	Mabigyan ng mga patnubay	歡迎 huān yíng	Maligayang pagdating

✻ Karagdagang Bokabularyo 🎵 01-3

□ 學ㄒㄩㄝˊ生ㄕㄥ Estudyante
xué shēng

□ 學ㄒㄩㄝˊ校ㄒㄠˋ Paaralan
xué xiào

□ 張ㄓㄤ （姓ㄒㄧㄥˋ氏ㄕˋ） Zhang
zhāng （xìng shì） (apelyido)

□ 林ㄌㄧㄣˊ （姓ㄒㄧㄥˋ氏ㄕˋ） Lin
lín （xìng shì） (apelyido)

□ 先ㄒㄧㄢ生ㄕㄥ Ginoo
xiān shēng

□ 女ㄋㄩˇ士ㄕˋ Miss/ Binibini
nǔ shì

1 Panghalip sa tao

	Unang katauhan	Ikalawang katauhan	Ikatlong katauhan
Isahan	我 ㄨㄛˇ wǒ Ako	你 ㄋㄧˇ nǐ Ikaw (lalake) 妳 ㄋㄧˇ nǐ Ikaw (babae)	他 ㄊㄚ tā Siya (lalake) 她 ㄊㄚ tā Siya (babae)
Maramihan	我 ㄨㄛˇ 們 ㄇㄣ˙ wǒ men Tayo	你 ㄋㄧˇ 們 ㄇㄣ˙ nǐ men Kayo (lalake) 妳 ㄋㄧˇ 們 ㄇㄣ˙ nǐ men Kayo (babae)	他 ㄊㄚ 們 ㄇㄣ˙ tā men Sila (lalake) 她 ㄊㄚ 們 ㄇㄣ˙ tā men Sila (babae)

2 Paano gumamit ng pinagtibay na pangungusap 「A ＋ 是ㄕ ＋ B」, Negatibong Pangungusap 「A ＋ 不ㄅㄨ是ㄕ ＋ B」

我ㄨㄛ是ㄕ老ㄌㄠ師ㄕ。
wǒ shì lǎo shī
Guro ako.

我ㄨㄛ不ㄅㄨ是ㄕ老ㄌㄠ師ㄕ。
wǒ bú shì lǎo shī
Hindi ako guro.

她ㄊㄚ是ㄕ我ㄨㄛ朋ㄆㄥ友ㄧㄡ。
tā shì wǒ péng yǒu
Kaibigan ko siya.

她ㄊㄚ不ㄅㄨ是ㄕ我ㄨㄛ朋ㄆㄥ友ㄧㄡ。
tā bú shì wǒ péng yǒu
Hindi ko siya kaibigan.

他ㄊㄚ是ㄕ我ㄨㄛ先ㄒㄧㄢ生ㄕㄥ。
tā shì wǒ xiān shēng
Mister ko siya.

他ㄊㄚ不ㄅㄨ是ㄕ我ㄨㄛ先ㄒㄧㄢ生ㄕㄥ。
tā bú shì wǒ xiān shēng
Hindi ko siya mister.

🎵 01-5

3 Paraan ng pag-gamit ng

「Panghalip ＋ 是ㄕˋ ＋ (Apelyido) ＋ Pangalan。」

＝「Panghalip ＋ 叫ㄐㄧㄠˋ ＋ (Apelyido) ＋ Pangalan。」

我ㄨㄛˇ是ㄕˋ陳ㄔㄣˊ美ㄇㄟˇ玲ㄌㄧㄥˊ。　＝　我ㄨㄛˇ叫ㄐㄧㄠˋ陳ㄔㄣˊ美ㄇㄟˇ玲ㄌㄧㄥˊ。
wǒ　shì　chén měi líng　　　　wǒ　jiào chén měi líng
Ako si Chen Mei Ling.　　　　Ako ay si Chen Mei Ling.

我ㄨㄛˇ是ㄕˋ美ㄇㄟˇ玲ㄌㄧㄥˊ。　＝　我ㄨㄛˇ叫ㄐㄧㄠˋ美ㄇㄟˇ玲ㄌㄧㄥˊ。
wǒ　shì　měi líng　　　　　wǒ　jiào měi líng
Ako si Mei Ling.　　　　　Ako si Mei Ling.

Komento

Maling pag-gamit :

✕　我ㄨㄛˇ是ㄕˋ陳ㄔㄣˊ。
wǒ shì　chén

✕　我ㄨㄛˇ叫ㄐㄧㄠˋ陳ㄔㄣˊ。
wǒ jiào chén

4 Pag-gamit ng pang-abay 「～也…」

我也是老師。

wǒ yě shì lǎo shī

Guro din ako.

她也是我朋友。

tā yě shì wǒ péng yǒu

Kaibigan ko din siya.

5 Pag-gamit ng mayroon tono na pag tanong 「～嗎？」

妳是陳美玲小姐嗎？

nǐ shì chén měi líng xiǎo jiě ma

Ikaw ba si Miss Chen Mei Ling?

他也是你朋友嗎？

tā yě shì nǐ péng yǒu ma

Kaibigan mo din ba siya?

🎧 01-6

6 Pag-gamit ng 「Panghalip ＋好ㄏㄠˇ」

你ㄋㄧˇ好ㄏㄠˇ。
nǐ　hǎo
Kamusta ka?

老ㄌㄠˇ師ㄕ好ㄏㄠˇ。
lǎo shī　hǎo
Kamusta po Ma'am/Sir (guro)?

大ㄉㄚˋ家ㄐㄧㄚ好ㄏㄠˇ。
dà jiā　hǎo
Kamusta sa lahat.

7 Pag-gamit ng 「很ㄏㄣˇ "napaka" ＋ adhetibo」

很ㄏㄣˇ美ㄇㄟˇ麗ㄌㄧˋ。
hěn měi lì
Napaka ganda.

很ㄏㄣˇ可ㄎㄜˇ愛ㄞˋ。
hěn kě ài
Napaka cute.

很ㄏㄣˇ討ㄊㄠˇ厭ㄧㄢˋ。
hěn tǎo yàn
Nakaka inis.

8 Pag-gamit ng「Panghalip ＋姓ㄒㄧㄥˋ＋ Apelyido」

我ㄨㄛˇ姓ㄒㄧㄥˋ李ㄌㄧˇ。
wǒ xìng lǐ
Li ang apelyido ko.

她ㄊㄚ姓ㄒㄧㄥˋ林ㄌㄧㄣˊ。
tā xìng lín
Lin ang apelyido niya.

9 Paano mag-tanong ng apelyido ng tao

「Panghalip ＋姓ㄒㄧㄥˋ＋什ㄕㄣˊ麼ㄇㄜ˙？」

你ㄋㄧˇ姓ㄒㄧㄥˋ什ㄕㄣˊ麼ㄇㄜ˙？
nǐ xìng shén me
Anong apelyido mo?

她ㄊㄚ姓ㄒㄧㄥˋ什ㄕㄣˊ麼ㄇㄜ˙？
tā xìng shén me
Anong apelyido niya?

第ㄉ一ˋ 02 課ㄎㄜˋ

那ㄋㄚˋ個ㄍㄜ˙是ㄕˋ我ㄨㄛˇ的ㄉㄜ˙行ㄒㄧㄥˊ李ㄌㄧˇ。
nà   ge   shì   wǒ   de   xíng lǐ
Yan ang bagahe ko.

 02-1

這ㄓㄜˋ [1] 是ㄕˋ你ㄋㄧˇ的ㄉㄜ˙ [2] 行ㄒㄧㄥˊ李ㄌㄧˇ嗎ㄇㄚ˙？ zhè shì nǐ de xíng lǐ ma	Bagahe mo ba yan?
不ㄅㄨˋ是ㄕˋ，這ㄓㄜˋ是ㄕˋ我ㄨㄛˇ朋ㄆㄥˊ友ㄧㄡˇ的ㄉㄜ˙ bú shì zhè shì wǒ péng yǒu de 行ㄒㄧㄥˊ李ㄌㄧˇ。 xíng lǐ	Hindi, bagahe yan ng kaibigan ko.
這ㄓㄜˋ包ㄅㄠ包ㄅㄠ是ㄕˋ誰ㄕㄟˊ的ㄉㄜ˙？ zhè bāo bāo shì shéi de	Kaninong bag yan?

這包包是我太太的[3]。
zhè bāo bāo shì wǒ tài tai de

Bag yan ng asawa (misis) ko.

哪個是你的行李？
nǎ ge shì nǐ de xíng lǐ

Alin dito ang bagahe mo?

那個是我的行李[4]。
nà ge shì wǒ de xíng lǐ

Yan ang bagahe ko.

你有照相機嗎？
nǐ yǒu zhào xiàng jī ma

May camera ka ba?

我沒有，她有[6]。她還有攝影機[5]。
wǒ méi yǒu tā yǒu tā hái yǒu shè yǐng jī

Wala ako, meron siya(babae). Meron pa siyang video camera.

Bokabularyo

02-2

這（個） zhè （ge）	ito	～的 de	ng	
行李 xíng lǐ	bagahe	包包 bāo bāo	bag	
太太／ tài tai / 老婆 lǎo pó	asawa(babae)/ misis	哪個 nǎ ge	alin	
那（個） nà （ge）	yan	照相機 zhào xiàng jī	camera	
有 yǒu	meron	沒有 méi yǒu	wala	
還有 hái yǒu	meron pa	攝影機 shè yǐng jī	video camera	

✱ Karagdagang Bokabularyo 🎵 02-3

▫ 衣-服ㄈㄨˊ damit
　yī fú

▫ 帽ㄇㄠˋ子˙ㄗ sumbrero
　mào zi

▫ 鞋ㄒㄧㄝˊ子˙ㄗ sapatos
　xié zi

▫ 平ㄆㄧㄥˊ板ㄅㄢˇ電ㄉㄧㄢˋ腦ㄋㄠˇ tablet
　píng bǎn diàn nǎo

Pag-gamit ng gramatika　　　　　　　　🎵 02-4

1 Panurong Panghalip

這ㄓㄜˋ（個˙ㄍㄜ）	那ㄋㄚˋ（個˙ㄍㄜ）	哪ㄋㄚˇ個˙ㄍㄜ
zhè (ge)	nà (ge)	nǎ ge
ito	yan	alin
這ㄓㄜˋ個˙ㄍㄜ行ㄒㄧㄥˊ李ㄌㄧˇ	那ㄋㄚˋ個˙ㄍㄜ行ㄒㄧㄥˊ李ㄌㄧˇ	哪ㄋㄚˇ個˙ㄍㄜ行ㄒㄧㄥˊ李ㄌㄧˇ
zhè ge xíng lǐ	nà ge xíng lǐ	nǎ ge xíng lǐ
itong bagahe	yang bagahe	aling bagahe

2 Paano gamitin ang salitang pagmamay-ari

「我的 "aking"」、「你的 "iyong"」、
「他（她）的 "kanyang"」、「我們的 "ating"」、
「你們的 "inyong"」、「他（她）們的 "kanilang"」

我的手機

wǒ de shǒu jī
Ang aking cellphone.

你的照相機

nǐ de zhào xiàng jī
Ang iyong camera.

他的衣服

tā de yī fú
Ang kanyang damit.

我們的老師

wǒ men de lǎo shī
Ang ating guro.

他們的學校

tā men de xué xiào
Ang kanilang eskwelahan (paaralan).

3 Pag-gamit ng 「Panghalip + 的ㄉㄜ」

我ㄨㄛˇ 媽ㄇㄚ 媽ㄇㄚ 的ㄉㄜ
wǒ mā ma de
Kay nanay ko

他ㄊㄚ 爸ㄅㄚˋ 爸ㄅㄚ 的ㄉㄜ
tā bà ba de
Kay tatay niya

你ㄋㄧˇ 姊ㄐㄧㄝˇ 姊ㄐㄧㄝ 的ㄉㄜ
nǐ jiě jie de
Kay ate mo

🎧 02-5

4 Pag-gamit ng「Panurong Panghalip ＋ Pangngalan ＋是

＋ Panghalip ＋的」

那個相機是我太太的。
nà　ge xiàng jī　shì　wǒ tài　tai　de
Kay misis ko yang camera.

這個包包是姐姐的。
zhè　ge　bāo bāo shì　jiě jie　de
Kay ate ko yang bag.

5 Pag-gamit ng「Panghalip ＋有 "meron" ＋ A ＋還有

"meron pa" ＋ B」

我有照相機還有攝影機。
wǒ　yǒu zhào xiàng jī　hái　yǒu shè　yǐng　jī
Meron akong camera at meron pa akong video camera.

美玲有哥哥還有姊姊。
měi líng yǒu　gē　ge　hái yǒu　jiě jie
Merong kuya si Mei Ling at meron pa siyang ate.

6 Pag-gamit ng「～有ㄧㄡˇ "meron"…」、「～沒ㄇㄟ有ㄧㄡˇ "wala"…」

我ㄨㄛˇ有ㄧㄡˇ房ㄈㄤˊ子ㄗ˙。
wǒ   yǒu fáng zi
Meron akong bahay.

我ㄨㄛˇ沒ㄇㄟˊ有ㄧㄡˇ房ㄈㄤˊ子ㄗ˙。
wǒ   méi yǒu fáng zi
Wala akong bahay.

他ㄊㄚ有ㄧㄡˇ汽ㄑㄧˋ車ㄔㄜ。
tā   yǒu qì   chē
Meron siyang kotse.

他ㄊㄚ沒ㄇㄟˊ有ㄧㄡˇ汽ㄑㄧˋ車ㄔㄜ。
tā   méi yǒu qì   chē
Wala siyang kotse.

你ㄋㄧˇ有ㄧㄡˇ哥ㄍㄜ哥ㄍㄜ˙。
nǐ   yǒu gē   ge
Meron kang kuya.

你ㄋㄧˇ沒ㄇㄟˊ有ㄧㄡˇ哥ㄍㄜ哥ㄍㄜ˙。
nǐ   méi yǒu gē   ge
Wala kang kuya.

第ㄉㄧˋ 03 課ㄎㄜˋ

房ㄈㄤˊ 間ㄐㄧㄢ 在ㄗㄞˋ 幾ㄐㄧˇ 樓ㄌㄡˊ ?

fáng jiān zài jǐ lóu

Nasa ika-ilang palapag ang kuwarto?

 03-1

我ㄨㄛˇ 們ㄇㄣ 的ㄉㄜ 房ㄈㄤˊ 間ㄐㄧㄢ 在ㄗㄞˋ ² 幾ㄐㄧˇ wǒ men de fáng jiān zài jǐ 樓ㄌㄡˊ ³ ? lóu	Nasa ika-ilang palapag ang kuwarto natin?
你ㄋㄧˇ 們ㄇㄣ 的ㄉㄜ 房ㄈㄤˊ 間ㄐㄧㄢ 在ㄗㄞˋ 二ㄦˋ nǐ men de fáng jiān zài èr 樓ㄌㄡˊ 。 lóu	Nasa pangalawang palapag ang kwarto niyo.
幾ㄐㄧˇ 號ㄏㄠˋ 呢ㄋㄜ ? jǐ hào ne	Anong numero?

二零五號房。 èr líng wǔ hào fáng	Numero 205.
你朋友的房間也在二樓。 nǐ péng yǒu de fáng jiān yě zài èr lóu	Nasa pangalawang palapag din ang kuwarto ng kaibigan mo.
在二零六號房。 zài èr líng liù hào fáng	Nasa numero 206.
請進[4]。這房間怎麼樣[5]？ qǐng jìn zhè fáng jiān zěn me yàng	Pasok na po. Anong tingin niyo sa kwartong ito?
這房間很好，很乾淨，也很大[6]。 zhè fáng jiān hěn hǎo hěn gān jìng yě hěn dà	Maayos itong kuwarto, napakaliinis, at napakalaki din.
浴室在這裡。 yù shì zài zhè lǐ	Nandito ang banyo.

有電視嗎 [8] ? yǒu diàn shì ma	May telebisyon ba?
有。 yǒu	Meron.
餐廳在哪裡 [9] ? cān tīng zài nǎ lǐ	Nasaan ang hapag kainan?
在那裡。 zài nà lǐ	Nandoon.
那裡還有便利超商。 nà lǐ hái yǒu biàn lì chāo shāng	Meron pang sari-sari store banda-doon.
麻煩你。 má fán nǐ	Pasensya na sa pang-iistorbo.
不客氣 [10] ! bú kè qì	Walang anuman.

Bokabularyo

🎵 03-2

房間 fáng jiān	kwarto	在 zài （介詞） (jiè cí)	sa
幾／多少 jǐ dūo shǎo	ilan	樓 lóu	palapag
也 yě	din	號 hào	numero
呢 ne （疑問助詞） (yí wèn zhù cí)	(salitang gamit sa pagtanong)	請 qǐng	po (please)
進 jìn	pasok	怎麼樣 zěn me yàng	paano
很 hěn	napaka	大 dà	laki
乾淨 gān jìng	linis	浴室 yù shì	banyo
電視 diàn shì	telebisyon	哪裡 nǎ lǐ	saan

便ㄅㄧㄢˋ 利ㄌㄧˋ 超ㄔㄠ 商ㄕㄤ biàn lì chāo shāng （便ㄅㄧㄢˋ 利ㄌㄧˋ 商ㄕㄤ 店ㄉㄧㄢˋ） (biàn lì shāng diàn)	sari-sari store 	麻ㄇㄚˊ 煩ㄈㄢˊ má fán	Makikisuyo (pakisuyo) (pang iistorbo)
不ㄅㄨˋ bù	wala/hindi		

✱ Karagdagang Bokabularyo　　🎵 03-3

▢ 冷ㄌㄥˇ 氣ㄑㄧˋ aircon
　　lěng qì

▢ 冰ㄅㄧㄥ 箱ㄒㄧㄤ pridyder
　　bīng xiāng

▢ 桌ㄓㄨㄛ 子ㄗ lamesa
　　zhūo zi

▢ 椅ㄧˇ 子ㄗ upuan
　　yǐ zi

▢ 電ㄉㄧㄢˋ 話ㄏㄨㄚˋ telepono
　　diàn huà

▢ 窗ㄔㄨㄤ 戶ㄏㄨˋ bintana
　　chuāng hù

▢ 拖ㄊㄨㄛ 鞋ㄒㄧㄝˊ tsinelas
　　tūo xié

▢ 小ㄒㄧㄠˇ liit (maliit)
　　xiǎo

🔊 03-4

1 Mga numero

(1) Numero

0：零 ㄌㄥˊ líng zero	1：一 ㄧ yī isa	2：二 ㄦˋ／兩 ㄌㄧㄤˇ èr　liǎng dalawa	3：三 ㄙㄢ sān tatlo
4：四 ㄙˋ sì apat	5：五 ㄨˇ wǔ lima	6：六 ㄌㄧㄡˋ liù anim	7：七 ㄑㄧ qī pito
8：八 ㄅㄚ bā walo	9：九 ㄐㄧㄡˇ jiǔ siyam	10：十 ㄕˊ shí sampu	11：十 ㄕˊ一 ㄧ shí yī labing-isa
12：十 ㄕˊ二 ㄦˋ shí èr labing-dalawa	13：十 ㄕˊ三 ㄙㄢ shí sān Labing-tatlo	14：十 ㄕˊ四 ㄙˋ shí sì labing-apat	15：十 ㄕˊ五 ㄨˇ shí wǔ labing-lima
16：十 ㄕˊ六 ㄌㄧㄡˋ shí liù labing-anim	17：十 ㄕˊ七 ㄑㄧ shí qī labing-pito	18：十 ㄕˊ八 ㄅㄚ shí bā labing-walo	19：十 ㄕˊ九 ㄐㄧㄡˇ shí jiǔ labing-siyam

20：二十 èr shí dalawampu	21：二十一 èr shí yī dalawampu't-isa	100：一百 yì bǎi isang daan
101：一百零一 yì bǎi líng yī isang daan at isa		111：一百一十一 yì bǎi yī shí yī isang daan at labing-isa
200：兩百／二百 liǎng bǎi　　èr bǎi dalawang daan		202：兩百零二／ liǎng bǎi líng èr 二百零二 èr bǎi líng èr dalawang daan at dalawa
2000：兩千 liǎng qiān dalawang libo		10000：一萬 yí wàn sampung libo

🔊 03-5

	百萬 bǎi wàn	十萬 shí wàn	萬 wàn	千 qiān	百 bǎi	十 shí	
125 元					一 yì	二 èr	五 wǔ	元 yuán
3,125 元				三 sān	一 yì	二 èr	五 wǔ	元 yuán
63,125 元			六 liù	三 sān	一 yì	二 èr	五 wǔ	元 yuán
763,125 元		七 qī	六 liù	三 sān	一 yì	二 èr	五 wǔ	元 yuán
4,763,125 元	四 sì	七 qī	六 liù	三 sān	一 yì	二 èr	五 wǔ	元 yuán

125 元

一百二十五元
yì bǎi èr shí wǔ yuán

Isang daan at dalawangpu't limang Yuan

3,125 元

三千一百二十五元
sān qiān yì bǎi èr shí wǔ yuán

Tatlong libo't isang daan at dalawangpu't limang Yuan

63,125 元ㄩㄢˊ

六ㄌㄧㄡˋ 萬ㄨㄢˋ 三ㄙㄢ 千ㄑㄧㄢ 一ㄧ 百ㄅㄞˇ 二ㄦˋ 十ㄕˊ 五ㄨˇ 元ㄩㄢˊ

liù wàn sān qiān yì bǎi èr shí wǔ yuán

Animnapu't tatlong libo at isang daan at dalawangpu't limang Yuan

763,125 元ㄩㄢˊ

七ㄑㄧ 十ㄕˊ 六ㄌㄧㄡˋ 萬ㄨㄢˋ 三ㄙㄢ 千ㄑㄧㄢ 一ㄧ 百ㄅㄞˇ 二ㄦˋ 十ㄕˊ 五ㄨˇ 元ㄩㄢˊ

qī shí liù wàn sān qiān yì bǎi èr shí wǔ yuán

Pitong daan at animnapu't tatlong libo at isang daan at dalawangpu't
limang Yuan

4,763,125 元ㄩㄢˊ

四ㄙˋ 百ㄅㄞˇ 七ㄑㄧ 十ㄕˊ 六ㄌㄧㄡˋ 萬ㄨㄢˋ 三ㄙㄢ 千ㄑㄧㄢ 一ㄧ 百ㄅㄞˇ 二ㄦˋ 十ㄕˊ 五ㄨˇ 元ㄩㄢˊ

sì bǎi qī shí liù wàn sān qiān yì bǎi èr shí wǔ yuán

Apat na milyon at pitong daan at animnapu't tatlong libo at isang
daan at dalawangpu't limang Yuan

🔊 03-6

(2) Numerong gamit sa pag-sulat：Ginagamit sa banko, pos opis at sa mga tseke.

壹ㄧ yī isa	貳ㄦˋ èr dalawa	參ㄙㄢ sān tatlo	肆ㄙˋ sì apat	伍ㄨˇ wǔ lima
陸ㄌㄧㄡˋ liù anim	柒ㄑㄧ qī pito	捌ㄅㄚ bā walo	玖ㄐㄧㄡˇ jiǔ siyam	拾ㄕˊ shí sampu
零ㄌㄧㄥˊ líng zero	佰ㄅㄞˇ bǎi daan	仟ㄑㄧㄢ qiān libo	萬ㄨㄢˋ wàn sampung libo	整ㄓㄥˇ zhěng buo (kabuuhan)

123,405 元ㄩㄢˊ整ㄓㄥˇ

壹ㄧ拾ㄕˊ貳ㄦˋ萬ㄨㄢˋ參ㄙㄢ仟ㄑㄧㄢ肆ㄙˋ佰ㄅㄞˇ零ㄌㄧㄥˊ伍ㄨˇ元ㄩㄢˊ整ㄓㄥˇ

yī　shí　èr　wàn sān qiān sì　bǎi líng wǔ yuán zhěng

Isang daan at dalawangpu't tatlong libo at apat na daan at lima buong Yuan.

(3) Taon／Numero

二零二零年 èr líng èr líng nián taong 2020	公元兩千年 gōng yuán liǎng qiān nián A.D. 2000
一六九號 yī liù jiǔ hào Numero 169	第二五零七號 dì èr wǔ líng qī hào ika-2507 na numero

(4) Pag-tanong ng mga numero

幾元？
jǐ yuán

一百元。
yì bǎi yuán

＝ 幾塊錢？
jǐ kuài qián

＝ 一百塊錢。
yì bǎi kuài qián

＝ 多少錢？
dūo shǎo qián

Magkano?

Isang daang Yuan.

＊ Mali ang：一百「錢」。

48

🎧 03-8

2 Paghahambing ng 「在ㄗㄞˋ」 "nasa" o "sa" at 「有ㄧㄡˇ」 "meron" o "mayroon"

Bagay/tao ＋ 在ㄗㄞˋ ＋ Lugar　　　Lugar ＋ 有ㄧㄡˇ ＋ bagay/tao

椅ㄧˇ子ㄗ˙在ㄗㄞˋ客ㄎㄜˋ廳ㄊㄧㄥ 。　　客ㄎㄜˋ廳ㄊㄧㄥ有ㄧㄡˇ椅ㄧˇ子ㄗ˙ 。

　yǐ　zi　zài　kè　tīng　　　　kè　tīng　yǒu　yǐ　zi

Nasa salas ang upuan.　　　May upuan sa salas.

我ㄨㄛˇ在ㄗㄞˋ浴ㄩˋ室ㄕˋ 。　　浴ㄩˋ室ㄕˋ有ㄧㄡˇ人ㄖㄣˊ 。

wǒ　zài　yù　shì　　　　yù　shì　yǒu　rén

Nasa banyo ako.　　　May tao sa banyo.

49

3 Pag-gamit ng 「幾ㄐㄧˇ "ilan" + Salita ng Sukatan」

幾ㄐㄧˇ位ㄨㄟˋ?

jǐ wèi

Ilang tao?

幾ㄐㄧˇ個ㄍㄜˊ?

jǐ ge

Ilang piraso?

幾ㄐㄧˇ歲ㄙㄨㄟˋ?

jǐ suì

Ilang taon (edad)?

4 Pag-gamit ng 「請ㄑㄧㄥˇ "nakikisuyo" + Berbo」

請ㄑㄧㄥˇ看ㄎㄢˋ。

qǐng kàn

Tingnan po ninyo.

請ㄑㄧㄥˇ坐ㄗㄨㄛˋ。

qǐng zùo

Upo po kayo.

5 Pag-gamit ng 「這／那 "ito/iyon" ＋（Salita ng Sukatan)

＋ Pangngalan ＋怎麼樣 "ano sa tingin mo"？」

這件衣-服怎麼樣？

zhè jiàn yī fú zěn me yàng

＝ 這衣-服怎麼樣？

zhè yī fú zěn me yàng

Ano sa tingin mo ang damit na ito?

那個顏色怎麼樣？

nà ge yán sè zěn me yàng

＝ 那顏色怎麼樣？

nà yán sè zěn me yàng

Ano sa tingin mo ang kulay na yan?

這個房間怎麼樣？

zhè ge fáng jiān zěn me yàng

＝ 這房間怎麼樣？

zhè fáng jiān zěn me yàng

Ano sa tingin mo ang kwartong ito?

🎧 03-9

6 Paano gumamit ng 「這ㄓㄜˋ (ito) / 那ㄋㄚˋ (yan) ＋ （Salita ng Sukatan） ＋ Pangngalan ＋很ㄏㄣˇ＋ Adhetibo A，也ㄧㄝˇ很ㄏㄣˇ＋ Adhetibo B」

這ㄓㄜˋ件ㄐㄧㄢˋ衣ㄧ服ㄈㄨˊ很ㄏㄣˇ漂ㄆㄧㄠˋ亮ㄌㄧㄤˋ，也ㄧㄝˇ很ㄏㄣˇ合ㄏㄜˊ身ㄕㄣ。
zhè jiàn yī fú hěn piào liàng yě hěn hé shēn
Napaka-ganda ang damit na ito, at kasyang-kasya pa.

那ㄋㄚˋ個ㄍㄜˋ顏ㄧㄢˊ色ㄙㄜˋ很ㄏㄣˇ特ㄊㄜˋ別ㄅㄧㄝˊ，也ㄧㄝˇ很ㄏㄣˇ好ㄏㄠˇ看ㄎㄢˋ。
 nà ge yán sè hěn tè bié   yě hěn hǎo kàn
Napaka-espesyal ang kulay na yan, at napaka-ganda pa.

7 Paghahambing ng「很ㄏㄣˇ」、「不ㄅㄨˋ」

很ㄏㄣˇ hěn napaka	這ㄓㄜˋ房ㄈㄤˊ間ㄐㄧㄢ很ㄏㄣˇ好ㄏㄠˇ。 zhè fáng jiān hěn hǎo Napaka-ganda ang kuwartong ito.
	空ㄎㄨㄥ間ㄐㄧㄢ很ㄏㄣˇ小ㄒㄧㄠˇ。 kōng jiān hěn xiǎo Napaka-liit ang puwang (espasyo).

不ㄅㄨˋ bù hidi	這ㄓㄜˋ房ㄈㄤˊ間ㄐㄧㄢ不ㄅㄨˋ好ㄏㄠˇ。 zhè fáng jiān bù hǎo Hindi maganda ang kuwartong ito.
	空ㄎㄨㄥ間ㄐㄧㄢ不ㄅㄨˋ小ㄒㄧㄠˇ。 kōng jiān bù xiǎo Hindi kaliitan itong puwang (espasyo).

🎵 03-10

8 Pag-gamit ng 「有ㄧㄡˇ "meron" + Pangngalan + 嗎ㄇㄚ˙ "ba"？」

有ㄧㄡˇ冷ㄌㄥˇ氣ㄑㄧˋ嗎ㄇㄚ˙？

yǒu lěng qì　ma
May aircon ba?

有ㄧㄡˇ窗ㄔㄨㄤ戶ㄏㄨˋ嗎ㄇㄚ˙？

yǒu chuāng hù ma
May bintana ba?

9 Pag-gamit ng 「Panghalip + 在ㄗㄞˋ哪ㄋㄚˇ裡ㄌㄧˇ "nasaan"？」

學ㄒㄩㄝˊ校ㄒㄧㄠˋ在ㄗㄞˋ哪ㄋㄚˇ裡ㄌㄧˇ？

xué xiào zài nǎ　lǐ
Nasaan ang eskwelahan?

老ㄌㄠˇ師ㄕ在ㄗㄞˋ哪ㄋㄚˇ裡ㄌㄧˇ？

lǎo shī　zài nǎ　lǐ
Nasaan ang guro?

椅子在哪裡？

yǐ zi zài nǎ lǐ

Nasaan ang upuan?

10 Pag-gamit ng「不 / 不 "hindi" ＋ Adhetibo o pang-uri」

不胖

bú pàng

Hindi mataba

不瘦

bú shòu

Hindi payat

不熱

bú rè

Hindi mainit

不冷

bù lěng

Hindi malamig

55

第ㄉㄧˋ 04 課ㄎㄜˋ

中ㄓㄨㄥ 正ㄓㄥˋ 紀ㄐㄧˋ 念ㄋㄧㄢˋ 堂ㄊㄤˊ
zhōng zhèng jì niàn táng
Chiang Kai-shek Memorial Hall

Pakikipagusap

 04-1

今ㄐㄧㄣ 天ㄊㄧㄢ 我ㄨㄛˇ 們ㄇㄣ 做ㄗㄨㄛˋ 什ㄕㄣˊ 麼ㄇㄜ ？ jīn tiān wǒ men zuò shén me	Anong gagawin natin ngayong araw?
今ㄐㄧㄣ 天ㄊㄧㄢ 參ㄘㄢ 觀ㄍㄨㄢ 台ㄊㄞˊ 北ㄅㄟˇ 市ㄕˋ jīn tiān cān guān tái běi shì 容ㄖㄨㄥˊ ³。你ㄋㄧˇ 去ㄑㄩˋ 不ㄅㄨˋ 去ㄑㄩˋ ⁶ ？ róng　　nǐ qù bú qù	Bisitahin natin ang lungsod ng Taipei. Pupunta (sasama) ka ba?
去ㄑㄩˋ 啊ㄚˊ ！我ㄨㄛˇ 們ㄇㄣ 參ㄘㄢ 觀ㄍㄨㄢ qù a　　wǒ men cān guān 什ㄕㄣˊ 麼ㄇㄜ 地ㄉㄧˋ 方ㄈㄤ ⁷ ？ shén me dì fāng	Siyempre! Saang lugar (ng Taipei) ang bibisitahin (pupuntahan) natin?
參ㄘㄢ 觀ㄍㄨㄢ 中ㄓㄨㄥ 正ㄓㄥˋ 紀ㄐㄧˋ 念ㄋㄧㄢˋ 堂ㄊㄤˊ。 cān guān zhōng zhèng jì niàn táng	Bibisitahin natin ang Chiang Kai-shek Memorial Hall.
這ㄓㄜˋ 地ㄉㄧˋ 方ㄈㄤ 真ㄓㄣ 大ㄉㄚˋ ⁹ 啊ㄚˊ ！ zhè dì fāng zhēn dà　　a	Napaka-laki ng lugar na ito!

前面是不是民主廣場？ qián miàn shì bú shì mín zhǔ guǎng chǎng	Plasa ng Demokrasya ba yang nasa harap?
是。左邊的建築物是音樂廳。 shì zuǒ biān de jiàn zhú wù shì yīn yuè tīng	Oo. Hall ng konsyerto yang nasa kaliwang gusali.
那麼右邊是戲劇院吧？ nà me yòu biān shì xì jù yuàn ba	Eh di teatro ba yang nasa kanan?
對。後面是中正紀念堂。 duì hòu miàn shì zhōng zhèng jì niàn táng	Oo. Na sa likod yong Chiang Kai-shek Memorial Hall.
嗯，我們照幾張[10]相吧[12]！ en wǒ men zhào jǐ zhāng xiàng ba	Sige, kuha tayo ng ilang litrato!

Bokabularyo

今ㄐㄧㄣ 天ㄊㄧㄢ jīn tiān	ngayong araw	做ㄗㄨㄛˋ zuò	gagawin
什ㄕㄣˊ 麼ㄇㄜ shén me	ano	參ㄘㄢ 觀ㄍㄨㄢ cān guān	bisitahin
台ㄊㄞˊ 北ㄅㄟˇ tái běi	Taipei	市ㄕˋ 容ㄖㄨㄥˊ shì róng	lungsod
去ㄑㄩˋ qù	punta	地ㄉㄧˋ 方ㄈㄤ dì fāng	lugar
中ㄓㄨㄥ 正ㄓㄥˋ 紀ㄐㄧˋ zhōng zhèng jì 念ㄋㄧㄢˋ 堂ㄊㄤˊ niàn táng	Chiang Kai-shek Memorial Hall	真ㄓㄣ zhēn	Napaka (sobra)
啊ㄚˇ a (語ㄩˇ氣ㄑㄧˋ助ㄓㄨˋ詞ㄘˊ) (yǔ qì zhù cí)	Ah (gamit sa espesipikong kasabihan)	前ㄑㄧㄢˊ 面ㄇㄧㄢˋ qián miàn	harapan
民ㄇㄧㄣˊ 主ㄓㄨˇ 廣ㄍㄨㄤˇ mín zhǔ guǎng 場ㄔㄤˇ chǎng	Plasa ng Demokrasya	左ㄗㄨㄛˇ 邊ㄅㄧㄢ zuǒ biān	Sa kaliwa

建築物 jiàn zhú wù	gusali	音樂廳 yīn yuè tīng	Hall ng konsyerto
那麼 nà me	Eh di...	右邊 yòu biān	Sa kanan
戲劇院 xì jù yuàn	teatro	吧 ba （語氣助詞） (yǔ qì zhù cí)	(gamit sa espesipikong kasabihan)
對 duì	Oo	後面 hòu miàn	Likod o likuran
嗯 en	sige	照／拍 zhào pāi	Pag-kuha (ng litrato)
幾 jǐ	ilan	張 zhāng （量詞） (liàng cí)	Piraso (salita ng sukatan)
相片 xiàng piàn	larawan		

✽ Karagdagang Bokabularyo 04-3

□ 上ㄕㄤˋ面ㄇㄧㄢˋ nasa itaas
shàng miàn

□ 下ㄒㄧㄚˋ面ㄇㄧㄢˋ nasa ibaba
xià miàn

□ 外ㄨㄞˋ面ㄇㄧㄢˋ nasa labas
wài miàn

□ 裡ㄌㄧˇ面ㄇㄧㄢˋ nasa loob
lǐ miàn

□ 旁ㄆㄤˊ邊ㄅㄧㄢ nasa tabi
páng biān

□ 桃ㄊㄠˊ園ㄩㄢˊ Taoyuan
táo yuán

□ 台ㄊㄞˊ中ㄓㄨㄥ Taichung
tái zhōng

□ 高ㄍㄠ雄ㄒㄩㄥˊ Kaoshiung
gāo xióng

Pag-gamit ng gramatika

1 Direksyon

上ㄕㄤˋ（面ㄇㄧㄢˋ）
shàng (miàn)
taas

左ㄗㄨㄛˇ（邊ㄅㄧㄢ）
zuǒ (biān)
kaliwa

中ㄓㄨㄥ間ㄐㄧㄢ
zhōng jiān
gitna

右ㄧㄡˋ（邊ㄅㄧㄢ）
yòu (biān)
kanan

下ㄒㄧㄚˋ（面ㄇㄧㄢˋ）
xià (miàn)
baba

前ㄑㄧㄢˊ面ㄇㄧㄢˋ
qián miàn
harapan (unahan)

後ㄏㄡˋ面ㄇㄧㄢˋ
hòu miàn
likuran

2 Posisyon

西北 xī běi Hilagang kanluran	北 běi Hilaga	東北 dōng běi Hilagang silangan
西 xī Kanluran		東 dōng Silangan
西南 xī nán Timog kanluran	南 nán Timog	東南 dōng nán Timog silangan

3 Pag-gamit ng「Berbo ＋ Pangngalan」

Berbo	Pangngalan	
參觀 cān guān bumisita	總統府 zǒng tǒng fǔ Palasyo ng Pangulo	參觀總統府 cān guān zǒng tǒng fǔ bumisita sa Palasyo ng pangulo
去 qù pupunta	百貨公司 bǎi huò gōng sī department store	去百貨公司 qù bǎi huò gōng sī pupunta sa department store
坐 zuò sumakay	計程車 jì chéng chē taksi	坐計程車 zuò jì chéng chē sumakay ng taksi
騎 qí sumakay	腳踏車 jiǎo tà chē bisekleta	騎腳踏車 qí jiǎo tà chē sumakay ng bisekleta
逛 guàng mamasyal	夜市 yè shì mercado sa gabi (night market)	逛夜市 guàng yè shì mamasyal sa night market
吃 chī kumain	早餐 zǎo cān agahan	吃早餐 chī zǎo cān kumain ng agahan

🎵 04-5

4 Pag-gamit ng 「不ㄅㄨˊ / 不ㄅㄨˋ "hindi" + Berbo + Pangngalan」

不ㄅㄨˊ / 不ㄅㄨˋ	Berbo	Pangngalan	
不ㄅㄨˊ bú hindi	去ㄑㄩˋ qù pupunta	博ㄅㄛˊ物ㄨˋ館ㄍㄨㄢˇ bó wù guǎn museo	不ㄅㄨˊ去ㄑㄩˋ博ㄅㄛˊ物ㄨˋ館ㄍㄨㄢˇ bú qù bó wù guǎn hindi pupunta sa museo
不ㄅㄨˋ bù hindi	買ㄇㄞˇ mǎi bibili	東ㄉㄨㄥ西ㄒㄧ dōng xi gamit	不ㄅㄨˋ買ㄇㄞˇ東ㄉㄨㄥ西ㄒㄧ bù mǎi dōng xi hindi bibili ng gamit
不ㄅㄨˋ bù hindi	喝ㄏㄜ hē iinom	飲ㄧㄣˇ料ㄌㄧㄠˋ yǐn liào inumin	不ㄅㄨˋ喝ㄏㄜ飲ㄧㄣˇ料ㄌㄧㄠˋ bù hē yǐn liào hindi iinom ng inumin

5 Pag-gamit ng「Panghalip ＋不ㄅㄨˊ / 不ㄅㄨˋ "hindi" ＋ Berbo ＋ Pangngalan」

Panghalip	不ㄅㄨˊ / 不ㄅㄨˋ	Berbo	Pangngalan	
我ㄨㄛˇ wǒ ako	不ㄅㄨˊ bú hindi	去ㄑㄩˋ qù pupunta	博ㄅㄛˊ物ㄨˋ館ㄍㄨㄢˇ bó wù guǎn museo	我ㄨㄛˇ不ㄅㄨˊ去ㄑㄩˋ博ㄅㄛˊ物ㄨˋ館ㄍㄨㄢˇ wǒ bú qù bó wù guǎn Hindi ako pupunta sa museo
他ㄊㄚ tā siya	不ㄅㄨˋ bù hindi	買ㄇㄞˇ mǎi bibili	東ㄉㄨㄥ西ㄒㄧ dōng xi gamit/bagay	他ㄊㄚ不ㄅㄨˋ買ㄇㄞˇ東ㄉㄨㄥ西ㄒㄧ tā bù mǎi dōng xi Hindi siya bibili ng gamit
我ㄨㄛˇ們ㄇㄣ wǒ men kami	不ㄅㄨˋ bù hindi	喝ㄏㄜ hē iinom	飲ㄧㄣˇ料ㄌㄧㄠˋ yǐn liào inumin	我ㄨㄛˇ們ㄇㄣ不ㄅㄨˋ喝ㄏㄜ飲ㄧㄣˇ料ㄌㄧㄠˋ wǒ men bù hē yǐn liào Hindi kami iinom ng inumin

🎵 04-6

6 Pag-gamit ng「～ Berbo ＋ 不 / 不 "hindi" ＋ Berbo… ? ＝ ～ Berbo…嗎 "ba" ?」

妳去不去博物館？

nǐ qù bú qù bó wù guǎn

Hindi ka pupunta sa museo?

＝ 妳去博物館嗎？

nǐ qù bó wù guǎn ma

Pupunta ka ba sa museo?

前面是不是民主廣場？

qián miàn shì bú shì mín zhǔ guǎng chǎng

Hindi Plasa ng Demokrasya ang nasa harapan?

＝ 前面是民主廣場嗎？

qián miàn shì mín zhǔ guǎng chǎng ma

Nasa harapan ba ang Plasa ng Demokrasya

你喝不喝水？

nǐ hē bù hē shuǐ

Hindi ka iinom ng tubig?

＝ 你喝水嗎？

nǐ hē shuǐ ma

Iinom ka ng tubig?

7 Pag-gamit ng「什麼 "ano" + Pangngalan ？」

什麼	Pangngalan	
什麼 shén me ano	地方 dì fāng lugar	什麼地方？ shén me dì fāng Anong lugar?
什麼 shén me ano	東西 dōng xi bagay	什麼東西？ shén me dōng xi Anong bagay?
什麼 shén me ano	飲料 yǐn liào inumin	什麼飲料？ shén me yǐn liào Anong inumin?

🎵 04-7

8 Pag-gamit ng「Berbo ＋什麼 "ano" ＋ Pangngalan？」

Berbo	什麼	Pangngalan	
去 qù pupunta	什麼 shén me ano	地方 dì fāng lugar	去什麼地方？ qù shén me dì fāng Pupunta sa anong lugar?
買 mǎi bibili	什麼 shén me ano	東西 dōng xi bagay	買什麼東西？ mǎi shén me dōng xi Bibili ng anong bagay?
喝 hē iinom	什麼 shén me ano	飲料 yǐn liào inumin	喝什麼飲料？ hē shén me yǐn liào Iinom ng anong inumin?

9 Pag-gamit ng 「真ㄓㄣ "talagang o napaka" ＋ Pag lalarawan」

真ㄓㄣ高ㄍㄠ

zhēn gāo
Napaka taas

真ㄓㄣ矮ㄞˇ

zhēn ǎi
Napaka baba

真ㄓㄣ美ㄇㄟˇ（麗ㄌㄧˋ）

zhēn měi （lì）
Napaka ganda

真ㄓㄣ醜ㄔㄡˇ

zhēn chǒu
Napaka pangit

10 Pag-gamit ng「numero ＋ bilang"unit" ＋ Pangngalan」

(1)「numero ＋張ㄓㄤ "bilang ng papel" ＋ Pangngalan」

一ˋ張ㄓㄤ 相ㄒㄧㄤ 片ㄆㄧㄢ 。

yì zhāng xiàng piàn

Isang pahinang litrato.

兩ㄌㄧㄤ張ㄓㄤ 紙ㄓˇ 。

liǎng zhāng zhǐ

Dalawang pahinang papel.

(2)「numero ＋本ㄅㄣ "bilang ng libro" ＋ Pangngalan」

一ˋ本ㄅㄣ 小ㄒㄧㄠ 說ㄕㄨㄛ 。

yì   běn xiǎo shuō

Isang nobel (libro).

兩ㄌㄧㄤ本ㄅㄣ 書ㄕㄨ 。

liǎng běn shū

Dalawang aklat.

🎧 04-8

11 Malimit gamitin na mga bilang "quantifier"

(1) Bilang ng tao

Numero	bilang "unit"	Pangngalan
一ˊ yí	個ㄍㄜ˙ ge	人ㄖㄣˊ rén
一ˊ個ㄍㄜ˙人ㄖㄣˊ。 yí ge rén Isang tao.		
兩ㄌㄤˇ liǎng	位ㄨㄟˋ wèi	客ㄎㄜˋ人ㄖㄣˊ kè rén
兩ㄌㄤˇ位ㄨㄟˋ客ㄎㄜˋ人ㄖㄣˊ。 liǎng wèi kè rén Dalawang bisita.		

(2) Bilang ng hayop

Numero	bilang "unit"	Pangngalan
一ˋ yì	隻ㄓ zhī	貓ㄇㄠ māo

一ˋ隻ㄓ貓ㄇㄠ 。
yì　zhī　māo
Isang pusa.

兩ㄌㄧㄤˇ liǎng	頭ㄊㄡˊ tóu	牛ㄋㄧㄡˊ niú

兩ㄌㄧㄤˇ頭ㄊㄡˊ牛ㄋㄧㄡˊ 。
liǎng tóu niú
Dalawang baka.

三ㄙㄢ sān	條ㄊㄧㄠˊ tiáo	魚ㄩˊ yú

三ㄙㄢ條ㄊㄧㄠˊ魚ㄩˊ 。
sān　tiáo　yú
Tatlong isda.

四ㄙˋ sì	匹ㄆㄧ pī	馬ㄇㄚˇ mǎ

四ㄙˋ匹ㄆㄧ馬ㄇㄚˇ 。
sì　pī　mǎ
Apat na kabayo.

(3) Bilang ng organo o parte ng katawan ng tao at hayop

Numero	bilang "unit"	Pangngalan
一ˊ yí	個ㄍㄜ˙ ge	鼻ㄅㄧˊ子ㄗ˙ bí zi

一ˊ個ㄍㄜ˙鼻ㄅㄧˊ子ㄗ˙。
yí ge bí zi
Isang ilong.

兩ㄌㄧㄤˇ liǎng	隻ㄓ zhī	腳ㄐㄧㄠˇ jiǎo

兩ㄌㄧㄤˇ隻ㄓ腳ㄐㄧㄠˇ。
liǎng zhī jiǎo
Dalawang paa.

三ㄙㄢ sān	顆ㄎㄜ kē	牙ㄧㄚˊ齒ㄔˇ yá chǐ

三ㄙㄢ顆ㄎㄜ牙ㄧㄚˊ齒ㄔˇ。
sān kē yá chǐ
Tatlong ngipin.

四ㄙˋ sì	根ㄍㄣ gēn	頭ㄊㄡˊ髮ㄈㄚˇ tóu fǎ

四ㄙˋ根ㄍㄣ頭ㄊㄡˊ髮ㄈㄚˇ。
sì gēn tóu fǎ
Apat na hibla ng buhok.

🔊 04-9

(4) Bilang ng Prutas

Numero	bilang "unit"	Pangngalan
一 yí	個 ge	蘋果 píng guǒ

一個蘋果。
yí ge píng guǒ
Isang pirasong mansanas.

兩 liǎng	根 gēn	香蕉 xiāng jiāo

兩根香蕉。
liǎng gēn xiāng jiāo
Dalawang haba ng saging.

三 sān	粒 lì	葡萄 pú táo

三粒葡萄。
sān lì pú táo
Tatlong butil ng ubas.

(5) Bilang ng halaman

Numero	bilang "unit"	Pangngalan
一ˋ yì	棵ㄎㄜ kē	樹ㄕㄨ shù

一ˋ 棵ㄎㄜ 樹ㄕㄨ 。

yì　kē　shù

Isang puno ng punong-kahoy.

兩ㄌㄧㄤ liǎng	朵ㄉㄨㄛ duǒ	花ㄏㄨㄚ huā

兩ㄌㄧㄤ 朵ㄉㄨㄛ 花ㄏㄨㄚ 。

liǎng duǒ huā

Dalawang bulaklak.

75

🎧 04-10

(6) Bilang ng pagkain

Numero	bilang "unit"	Pangngalan
一 yí	份 fèn	牛排 niú pái

一份牛排。
yí fèn niú pái
Isang steak.

兩 liǎng	碗 wǎn	飯 fàn

兩碗飯。
liǎng wǎn fàn
Dalawang mangkok na kanin.

三 sān	塊 kuài	蛋糕 dàn gāo

三塊蛋糕。
sān kuài dàn gāo
Tatlong pirasong cake.

(7) Bilang ng gamit sa hapag kainan

Numero	bilang "unit"	Pangngalan
一ˋ yì	雙ㄕㄨㄤ shuāng	筷ㄎㄨㄞˋ子ㄗ˙ kuài zi

一ˋ雙ㄕㄨㄤ筷ㄎㄨㄞˋ子ㄗ˙ 。
yì shuāng kuài zi
Isang pares ng chopstick.

兩ㄌㄧㄤˇ liǎng	把ㄅㄚˇ ／ 支ㄓ bǎ　　zhī	湯ㄊㄤ匙ㄔˊ tāng chí

兩ㄌㄧㄤˇ把ㄅㄚˇ湯ㄊㄤ匙ㄔˊ 。
liǎng bǎ tāng chí
Dalawang kutsara.

三ㄙㄢ sān	支ㄓ ／ 把ㄅㄚˇ zhī　　bǎ	叉ㄔㄚ子ㄗ˙ chā zi

三ㄙㄢ支ㄓ叉ㄔㄚ子ㄗ˙ 。
sān zhī chā zi
Tatlong tinidor.

🎧 04-11

(8) Bilang ng damit at mga isinusuot sa katawan

Numero	bilang "unit"	Pangngalan
一ˊ yí	件ㄐㄧㄢˋ jiàn	衣ㄧ 服ㄈㄨˊ yī fú

一ˊ件ㄐㄧㄢˋ衣ㄧ服ㄈㄨˊ。
yí jiàn yī fú
Isang damit.

兩ㄌㄧㄤˇ liǎng	隻ㄓ zhī	手ㄕㄡˇ錶ㄅㄧㄠˇ shǒu biǎo

兩ㄌㄧㄤˇ隻ㄓ手ㄕㄡˇ錶ㄅㄧㄠˇ。
liǎng zhī shǒu biǎo
Dalawang relo.

三ㄙㄢ sān	條ㄊㄧㄠˊ tiáo	褲ㄎㄨˋ子ㄗ kù zi

三ㄙㄢ條ㄊㄧㄠˊ褲ㄎㄨˋ子ㄗ。
sān tiáo kù zi
Tatlong pantalon.

四ㄙˋ sì	頂ㄉㄧㄥˇ dǐng	帽ㄇㄠˋ子ㄗ mào zi

四ㄙˋ頂ㄉㄧㄥˇ帽ㄇㄠˋ子ㄗ。
sì dǐng mào zi
Apat na sombrero.

五ㄨˇ	枚ㄇㄟˊ	戒ㄐㄧㄝˋ 指ㄓˇ
wǔ	méi	jiè zhi

五ㄨˇ枚ㄇㄟˊ戒ㄐㄧㄝˋ指ㄓˇ。
wǔ méi jiè zhi
Limang singsing.

(9) Bilang ng mga sasakyan o gamit sa transportasyon

Numero	bilang "unit"	Pangngalan
一 yí	輛 liàng	車 chē

一輛車。
yí liàng chē
Isang sasakyan.

Numero	bilang "unit"	Pangngalan
兩 liǎng	條／艘 tiáo　sāo	船 chuán

兩條船。／兩艘船。
liǎng tiáo chuán　liǎng sāo chuán
Dalawang barko.

Numero	bilang "unit"	Pangngalan
三 sān	架 jià	飛機 fēi jī

三架飛機。
sān jià fēi jī
Tatlong eroplano.

Numero	bilang "unit"	Pangngalan
四 sì	列 liè	火車 hǔo chē

四列火車。
sì　liè hǔo chē
Apat na tren.

🎵 04-12

12 Pag-gamit ng「Pangungusap ＋吧！」sa pagmumungkahi o pagbabakasakali

(1) Pagbabakasakali

那麼右邊是戲劇院吧？
nà me yòu biān shì xì jù yuàn ba
Mayroong teatro sa bandang kanan diba?

電話在房間吧？
diàn huà zài fáng jiān ba
Nasa kuwarto ang telepono diba?

(2) Pagmumungkahi

我們照幾張相吧！
wǒ men zhào jǐ zhāng xiàng ba
Kuha tayo ng ilang litrato!

我們搭計程車吧！
wǒ men dā jì chéng chē ba
Sumakay tayo ng taksi!

你喝一口水吧！
nǐ hē yì kǒu shuǐ ba
Uminom ka ng tubig!

第ㄉㄧˋ 05 課ㄎㄜˋ

今ㄐㄧㄣ 天ㄊㄧㄢ 有ㄧㄡˇ 什ㄕㄣˊ 麼ㄇㄜ˙ 行ㄒㄧㄥˊ 程ㄔㄥˊ ？
jīn tiān yǒu shén me xíng chéng

Ano ang mga lakad (itinerary) ngayong araw?

Pakikipagusap

🎧 05-1

這ㄓㄜˋ 幾ㄐㄧˇ 天ㄊㄧㄢ 的ㄉㄜ˙ 行ㄒㄧㄥˊ 程ㄔㄥˊ 安ㄢ 排ㄆㄞˊ 好ㄏㄠˇ zhè jǐ tiān de xíng chéng ān pái hǎo 了ㄌㄜ˙ [1] 嗎ㄇㄚ˙ ？ le ma	Nakapag-plano ka na ba ng lakad (itinerary) para sa mga araw na ito?
今ㄐㄧㄣ 天ㄊㄧㄢ 我ㄨㄛˇ 們ㄇㄣ˙ 遊ㄧㄡˊ 覽ㄌㄢˇ 陽ㄧㄤˊ 明ㄇㄧㄥˊ 山ㄕㄢ 。 jīn tiān wǒ men yóu lǎn yáng míng shān	Mamasyal tayo sa Yangminshan ngayong araw.
今ㄐㄧㄣ 天ㄊㄧㄢ 星ㄒㄧㄥ 期ㄑㄧˊ 幾ㄐㄧˇ ？ jīn tiān xīng qí jǐ	Anong araw ngayon?
今ㄐㄧㄣ 天ㄊㄧㄢ 星ㄒㄧㄥ 期ㄑㄧˊ 五ㄨˇ [2] 。 jīn tiān xīng qí wǔ	Ngayong araw ay Biyernes.

下星期參觀台北一零一大樓。 xià xīng qí cān guān tái běi yī líng yī dà lóu	Bumisita tayo sa Taipei 101 building sa isang linggo.
幾月幾號³去動物園？ jǐ yuè jǐ hào qù dòng wù yuán	Anong araw ng buwan ang punta sa Zoo?
五月十九日去動物園。 wǔ yuè shí jiǔ rì qù dòng wù yuán	Sa Mayo 19 ang punta sa Zoo.
你們在台北⁸待六天。 nǐ men zài tái běi dāi liù tiān	Mananatili kayo sa Taipei ng 6 na araw.
五月二十一日去台中。 wǔ yuè èr shí yī rì qù tái zhōng	Mayo 21 ang punta sa Taichung.
有購物的¹⁰時間嗎？ yǒu gòu wù de shí jiān ma	Meron bang panahon para mag-shopping?
有。 yǒu	Meron.

Bokabularyo

05-2

幾天 jǐ tiān	Ilang araw	行程 xíng chéng	Lakad (biyahe) (itinerary)
安排 ān pái	Mag-plano	好了 hǎo le	Sige (mabuti) (ok)
遊覽 yóu lǎn	Mamasyal	陽明山 yáng míng shān	Yangmingshan (isang bundok na tourist spot sa Taipei)
星期 xīng qí	Linggo (week)	星期五 xīng qí wǔ	Biyernes
下星期 xià xīng qí	Sa isang linggo	大樓 dà lóu	Gusali (building)
月 yuè	Buwan (month)	日／號 rì hào	Araw (date) (petsa)
動物園 dòng wù yuán	zoo	待／停留 dāi tíng líu	Mananatili
六天 liù tiān	6 na araw	購物 gòu wù	Shopping (mamimili)
時間 shí jiān	oras		

✳ Karagdagang Bokabularyo 🎵 05-3

□ 前ㄑㄧㄢ天ㄊㄧㄢ Nung isang araw
qián tiān

□ 昨ㄗㄨㄛ天ㄊㄧㄢ Kahapon
zuó tiān

□ 明ㄇㄧㄥ天ㄊㄧㄢ Bukas (tomorrow)
míng tiān

□ 後ㄏㄡ天ㄊㄧㄢ Sa isang araw
hòu tiān

□ 上ㄕㄤ星ㄒㄧㄥ期ㄑㄧ Nung isang linggo
shàng xīng qí

□ 這ㄓㄜ個ㄍㄜ月ㄩㄝ Ngayong buwan
zhè ge yuè

□ 上ㄕㄤ個ㄍㄜ月ㄩㄝ Nung isang buwan
shàng ge yuè

□ 下ㄒㄧㄚ個ㄍㄜ月ㄩㄝ Sa susunod na
xià ge yuè buwan

1 Pag-gamit ng 「Berbo ＋ 好了 "na"」

做好了。
zuò hǎo le
Tapos na (ang gawain).

準備好了。
zhǔn bèi hǎo le
Handa na (ako/kami).

整理好了。
zhěng lǐ hǎo le
Naayos (natapos) ko na.

2 Pag-gamit ng「星_{ㄒㄧㄥ}期_{ㄑㄧ} "araw ng lingo" ＋ numero」

今_{ㄐㄧㄣ}天_{ㄊㄧㄢ}星_{ㄒㄧㄥ}期_{ㄑㄧ}一_ㄧ。
jīn tiān xīng qí yī
Lunes ngayong araw.

星_{ㄒㄧㄥ}期_{ㄑㄧ}一_ㄧ xīng qí yī	Lunes	星_{ㄒㄧㄥ}期_{ㄑㄧ}二_ㄦ xīng qí èr	Martes
星_{ㄒㄧㄥ}期_{ㄑㄧ}三_{ㄙㄢ} xīng qí sān	Miyerkules	星_{ㄒㄧㄥ}期_{ㄑㄧ}四_ㄙ xīng qí sì	Huwebes
星_{ㄒㄧㄥ}期_{ㄑㄧ}五_ㄨ xīng qí wǔ	Biyernes	星_{ㄒㄧㄥ}期_{ㄑㄧ}六_{ㄌㄧㄡ} xīng qí liù	Sabado
星_{ㄒㄧㄥ}期_{ㄑㄧ}日_ㄖ／ xīng qí rì 星_{ㄒㄧㄥ}期_{ㄑㄧ}天_{ㄊㄧㄢ} xīng qí tiān	Linggo		

Komento

* **Pagtatanong kung anong araw, pinapalitan lang ang numero ng ilan.**

今天星期幾？
jīn tiān xīng qí jǐ
Anong araw ngayon?

明天幾月幾日？
míng tiān jǐ yuè jǐ rì
Anong buwan at araw bukas?

後天幾月幾號？
hòu tiān jǐ yuè jǐ hào
Anong petsa ng buwan sa isang araw?

🎵 05-5

3 Pag-gamit ng「numero ng buwan ＋月 ㄩ ㄝˋ ＋ numero ng araw (petsa) ＋日 ㄖˋ /號 ㄏㄠˋ」

今 ㄐㄧㄣ 天 ㄊㄧㄢ 幾 ㄐㄧˇ 月 ㄩㄝˋ 幾 ㄐㄧˇ 日 ㄖˋ ？　＝　今 ㄐㄧㄣ 天 ㄊㄧㄢ 幾 ㄐㄧˇ 月 ㄩㄝˋ 幾 ㄐㄧˇ 號 ㄏㄠˋ ？

jīn tiān jǐ yuè jǐ rì　　　　jīn tiān jǐ yuè jǐ hào

Anong buwan at araw ngayon?　　Anong petsa ng buwan ngayon?

今 ㄐㄧㄣ 天 ㄊㄧㄢ 一 ㄧ 月 ㄩㄝˋ 二 ㄦˋ 日 ㄖˋ 。　＝　今 ㄐㄧㄣ 天 ㄊㄧㄢ 一 ㄧ 月 ㄩㄝˋ 二 ㄦˋ 號 ㄏㄠˋ 。

jīn tiān yī yuè èr rì　　　　jīn tiān yī yuè èr hào

Enero 2 ngayong araw.　　　　Ika-2 ng Enero ngayong araw.

Komento

* Paliwanag: Parehong pwede gamitin ang
「日」o「號」.

* Pag-iingat: sa pag-sulat ng date sa
Mandarin, pwedeng gamitin ang numero sa
bawat unahan ng「taon＋buwan＋araw」.
Halimbawa: 2021 年 7 月 31 日 .
　　　　　taon　buwan　　araw

4 Pag-tanong at Pag-sagot ng mga araw (petsa)

Pag-tanong :	Pag-sagot :
幾ㄐㄧˇ天ㄊㄢ ？ jǐ tiān Ilang araw?	一ㄧ天ㄊㄢ 。 yì tiān Isang araw.
幾ㄐㄧˇ個ㄍㄜ˙星ㄒㄧㄥ期ㄑㄧˊ ？ jǐ ge xīng qí = 幾ㄐㄧˇ個ㄍㄜ˙禮ㄌㄧˇ拜ㄅㄞˋ ？ 　 jǐ ge lǐ bài = 幾ㄐㄧˇ週ㄓㄡ ？ 　 jǐ zhōu Ilang lingo?	兩ㄌㄧㄤˇ個ㄍㄜ˙星ㄒㄧㄥ期ㄑㄧˊ 。 liǎng ge xīng qí = 兩ㄌㄧㄤˇ個ㄍㄜ˙禮ㄌㄧˇ拜ㄅㄞˋ 。 　 liǎng ge lǐ bài = 兩ㄌㄧㄤˇ週ㄓㄡ 。 　 liǎng zhōu Dalawang lingo.
幾ㄐㄧˇ個ㄍㄜ˙月ㄩㄝˋ ？ jǐ ge yuè Ilang buwan?	三ㄙㄢ個ㄍㄜ˙月ㄩㄝˋ 。 sān ge yuè Tatlong buwan.
幾ㄐㄧˇ月ㄩㄝˋ ？ jǐ yuè Anong buwan?	三ㄙㄢ月ㄩㄝˋ 。 sān yuè Marso.
幾ㄐㄧˇ年ㄋㄧㄢˊ ？ jǐ nián Ilang taon?	四ㄙˋ年ㄋㄧㄢˊ 。 sì nián Apat na taon.

🎧 05-6

5 Kapag-nagpahayag kung ilan 「星ㄒㄧ期ㄑㄧ "linggo"」 at 「月ㄩㄝ

"buwan"」, nilalagyan ito ng 「個ㄍㄜ」 sa likod ng numero

	tama	mali
Anim na linggo	六ㄌㄧㄡ個ㄍㄜ星ㄒㄧ期ㄑㄧ liù ge xīng qí	六ㄌㄧㄡ星ㄒㄧ期ㄑㄧ
Limang buwan	五ㄨˇ個ㄍㄜ月ㄩㄝ wǔ ge yuè	五ㄨˇ月ㄩㄝ

6 Kapag ipinahayag naman ang numero ng 「天ㄊㄧㄢ "araw"」,

「週ㄓㄡ "linggo"」 at 「年ㄋㄧㄢˊ "taon"」, hindi ito nilalagyan ng

「個ㄍㄜ」 sa likod ng numero

	tama	mali
isang araw	一ㄧˋ天ㄊㄧㄢ yì tiān	一ㄧˋ個ㄍㄜ天ㄊㄧㄢ
Isang linggo	一ㄧˋ週ㄓㄡ yì zhōu	一ㄧˋ個ㄍㄜ週ㄓㄡ
Isang taon	一ㄧˋ年ㄋㄧㄢˊ yì nián	一ㄧˋ個ㄍㄜ年ㄋㄧㄢˊ

Komento

＊ Paliwanag: subalit iba ang pagkasulat,

parehong pwede gamitin ang 「週ㄓㄡ」 at 「周ㄓㄡ」

	tama	tama
tatlong linggo	三ㄙㄢ週ㄓㄡ sān zhōu	三ㄙㄢ周ㄓㄡ sān zhōu

7 Pahayag sa pag-gamit ng 「兩ㄌㄧㄤˇ」 at 「二ㄦˋ」 sa date: parehong "dalawa" ang ibig sabihin, ngunit hindi ginagamit ang 「二ㄦˋ」

	tama	mali
dalawang araw	兩ㄌㄧㄤˇ天ㄊㄧㄢ liǎng tiān	二ㄦˋ天ㄊㄧㄢ
dalawang linggo	兩ㄌㄧㄤˇ個ㄍㄜˋ星ㄒㄧㄥ期ㄑㄧˊ liǎng ge xīng qí	二ㄦˋ個ㄍㄜˋ星ㄒㄧㄥ期ㄑㄧˊ
dalawang buwan	兩ㄌㄧㄤˇ個ㄍㄜˋ月ㄩㄝˋ liǎng ge yuè	二ㄦˋ個ㄍㄜˋ月ㄩㄝˋ
dalawang taon	兩ㄌㄧㄤˇ年ㄋㄧㄢˊ liǎng nián	二ㄦˋ年ㄋㄧㄢˊ

🍋 05-7

8 Pag-gamit ng「在ㄗㄞ "sa" + lugar」

你ㄋㄧˇ們ㄇㄣ˙在ㄗㄞˋ台ㄊㄞˊ北ㄅㄟˇ。
nǐ men zài tái běi
Nasa Taipei kayo.

他ㄊㄚ們ㄇㄣ˙在ㄗㄞˋ學ㄒㄩㄝˊ校ㄒㄧㄠˋ。
tā men zài xué xiào
Nasa eskwelahan sila.

寶ㄅㄠˇ物ㄨˋ在ㄗㄞˋ博ㄅㄛˊ物ㄨˋ館ㄍㄨㄢˇ。
bǎo wù zài bó wù guǎn
Ang mga bagay-bagay ay nasa museo.

9 Pag-gamit ng「在ㄗㄞ "nasa" o "sa" + lugar + Berbo」

他ㄊㄚ們ㄇㄣ˙在ㄗㄞˋ公ㄍㄨㄥ園ㄩㄢˊ運ㄩㄣˋ動ㄉㄨㄥˋ。
tā men zài gōng yuán yùn dòng
Sila ay nag-eehersiyo sa park.

我ㄨㄛˇ們ㄇㄣ˙在ㄗㄞˋ博ㄅㄛˊ物ㄨˋ館ㄍㄨㄢˇ參ㄘㄢ觀ㄍㄨㄢ。
wǒ men zài bó wù guǎn cān guān
Kami ay bumisita sa Museo.

10 Pag-gamit ng「Berbo + Pangngalan + 的ㄉㄜ」

有ㄧㄡˇ 購ㄍㄡˋ 物ㄨˋ 的ㄉㄜ 時ㄕˊ 間ㄐㄧㄢ 嗎ㄇㄚˇ ？

yǒu gòu wù　de　shí　jiān ma

Meron bang panahon (oras) mag-shopping?

有ㄧㄡˇ 睡ㄕㄨㄟˋ 覺ㄐㄧㄠˋ 的ㄉㄜ 時ㄕˊ 間ㄐㄧㄢ 嗎ㄇㄚˇ ？

yǒu shuì jiào de　shí　jiān　ma

Meron bang oras matulog?

有ㄧㄡˇ 吃ㄔ 飯ㄈㄢˋ 的ㄉㄜ 時ㄕˊ 間ㄐㄧㄢ 嗎ㄇㄚˇ ？

yǒu chī　fàn　de　shí jiān　ma

Meron bang oras kumain?

第 **06** 課 ㄉㄧ ㄎㄜ

打ㄉㄚˇ 電ㄉㄧㄢˋ 話ㄏㄨㄚˋ
dǎ diàn huà

Pag-tawag sa telepono

Pakikipagusap

 06-1

喂ㄨㄟˊ，請ㄑㄧㄥˇ問ㄨㄣˋ[1] 是ㄕˋ 八ㄅㄚ 二ㄦˋ 二ㄦˋ 六ㄌㄧㄡˋ 一 五ㄨˇ 三ㄙㄢ 七ㄑㄧ 九ㄐㄧㄡˇ 嗎ㄇㄚ？ wéi qǐng wèn shì bā èr èr liù wǔ sān qī jiǔ ma	Hello, pwede magtanong, 8226-5379 ba ito?
對ㄉㄨㄟˋ，請ㄑㄧㄥˇ問ㄨㄣˋ你ㄋㄧˇ找ㄓㄠˇ誰ㄕㄟˊ[2]？ duì qǐng wèn nǐ zhǎo shéi	Oo, sino hinahanap niyo?
林ㄌㄧㄣˊ小ㄒㄧㄠˇ姐ㄐㄧㄝˇ在ㄗㄞˋ嗎ㄇㄚ？ lín xiǎo jiě zài ma	Nandiyan ba si Miss Lin?
我ㄨㄛˇ就ㄐㄧㄡˋ[3] 是ㄕˋ[4]。您ㄋㄧㄣˊ是ㄕˋ哪ㄋㄚˇ位ㄨㄟˋ？ wǒ jiù shì nín shì nǎ wèi	Ako ito, sino ka?
我ㄨㄛˇ是ㄕˋ美ㄇㄟˇ玲ㄌㄧㄥˊ。 wǒ shì měi líng	Ako si Mei Ling.

我現在在飯店六〇一號房。 wǒ xiàn zài zài fàn diàn liù líng yī hào fáng	Nasa hotel ako ngayon, room 601.
妳身體好嗎？ nǐ shēn tǐ hǎo ma	Kamusta ang pangangatawan mo?
很好[5]，謝謝。 hěn hǎo xiè xie	Mabuti naman, thank you.
妳現在工作忙嗎？ nǐ xiàn zài gōng zuò máng ma	Abala (busy) ka ba sa trabaho mo?
我不忙。 wǒ bù máng	Hindi naman ako busy.
現在幾點？ xiàn zài jǐ diǎn	Anong oras na ngayon?
四點三十分[7]。 sì diǎn sān shí fēn	Alas kuwatro trenta.
那麼我們七點去。 nà me wǒ men qī diǎn qù	Alas siete na kaya tayo pumunta.
好，晚上見[8]。 hǎo wǎn shàng jiàn	Sige, kita tayo mamayang gabi.

Bokabularyo

🎵 06-2

喂 ㄨㄟˋ wéi	hello		問 ㄨㄣˋ wèn	magtanong
對 ㄉㄨㄟˋ duì	oo		找 ㄓㄠˇ zhǎo	hinahanap
誰 ㄕㄟˊ shéi	sino		就 ㄐㄧㄡˋ 是 ㄕˋ jiù shì	Ito (ito ay)
哪 ㄋㄚˇ 位 ㄨㄟˋ nǎ wèi	Sino ka (sino sila)		現 ㄒㄧㄢˋ 在 ㄗㄞˋ xiàn zài	ngayon
飯 ㄈㄢˋ 店 ㄉㄧㄢˋ fàn diàn	hotel		身 ㄕㄣ 體 ㄊㄧˇ shēn tǐ	katawan
很 ㄏㄣˇ 好 ㄏㄠˇ hěn hǎo	mabuti		謝 ㄒㄧㄝˋ 謝 ㄒㄧㄝ˙ xiè xie	Thank you
工 ㄍㄨㄥ 作 ㄗㄨㄛˋ gōng zuò	trabaho		忙 ㄇㄤˊ máng	Abala (busy)
幾 ㄐㄧˇ 點 ㄉㄧㄢˇ jǐ diǎn	Anong oras		晚 ㄨㄢˇ 上 ㄕㄤˋ wǎn shàng	gabi
見 ㄐㄧㄢˋ jiàn	Kita (see you)			

✱ Karagdagang Bokabularyo 🎧 06-3

☐ 早ㄗㄠˇ上ㄕㄤˋ umaga
zǎo shàng

☐ 上ㄕㄤˋ午ㄨˇ umaga
shàng wǔ

☐ 中ㄓㄨㄥ午ㄨˇ tanghali
zhōng wǔ

☐ 下ㄒㄧㄚˋ午ㄨˇ hapon
xià wǔ

Pag-gamit ng gramatika 🎧 06-4

1 Pag-gamit ng 「請ㄑㄧㄥˇ問ㄨㄣˋ "pwede magtanong" ～？」

請ㄑㄧㄥˇ問ㄨㄣˋ你ㄋㄧˇ是ㄕˋ陳ㄔㄣˊ美ㄇㄟˇ玲ㄌㄧㄥˊ小ㄒㄧㄠˇ姐ㄐㄧㄝˇ嗎ㄇㄚ˙？
qǐng wèn nǐ shì chén měi líng xiǎo jiě   ma
Pwede magtanong, ikaw ba si Miss Chen Mei Ling?

請ㄑㄧㄥˇ問ㄨㄣˋ今ㄐㄧㄣ天ㄊㄧㄢ星ㄒㄧㄥ期ㄑㄧˊ幾ㄐㄧˇ？
qǐng wèn jīn tiān xīng qí   jǐ
Pwede magtanong, anong araw ng linggo ngayon?

請ㄑㄧㄥˇ問ㄨㄣˋ你ㄋㄧˇ是ㄕˋ誰ㄕㄟˊ？
qǐng wèn nǐ shì shéi
Pwede magtanong, sino ka (sino sila)?

2 Pag-gamit ng「找 "hanap" o "sukli" ＋ **Pangngalan**」

找錢。

zhǎo qián

Suklian ang pera.

找人。

zhǎo rén

Maghanap ng tao.

找東西。

zhǎo dōng xi

Maghanap ng bagay.

3 Pag-gamit ng「就ㄐㄧㄡˋ "ito" o "iyan"～」

(1) Nagpapahayag ng pagkasigurado

就ㄐㄧㄡˋ是ㄕˋ

jiù shì

Ito ay

就ㄐㄧㄡˋ對ㄉㄨㄟˋ了ㄌㄜ

jiù duì le

Tama yan

(2) Nagpapahayag ng agad-agad o kaagad

就ㄐㄧㄡˋ到ㄉㄠˋ

jiù dào

Dadating kaagad

就ㄐㄧㄡˋ去ㄑㄩˋ

jiù qù

Punta kaagad

(3) Nagpapahayag ng tanging ito na lang

就ㄐㄧㄡˋ剩ㄕㄥˋ下ㄒㄧㄚˋ蘋ㄆㄧㄥˊ果ㄍㄨㄛˇ

jiù shèng xià píng guǒ

Tanging mansanas na lang ang natitira

我ㄨㄛˇ就ㄐㄧㄡˋ要ㄧㄠˋ這ㄓㄜˋ個ㄍㄜˋ

wǒ jiù yào zhè ge

Ito lang ang gusto ko

4 Pag-gamit ng「～就是ᵖ "siya ay", "ako ay" o "ito ay"…」

她ㄊㄚ 就ㄐㄧㄡ 是ㄕ 林ㄌㄧㄣ 小ㄒㄧㄠ 姐ㄐㄧㄝ。

tā　jiù　shì　lín　xiǎo　jiě

Siya ay si Miss Lin.

我ㄨㄛ 就ㄐㄧㄡ 是ㄕ 你ㄋㄧ 的ㄉㄜ 老ㄌㄠ 師ㄕ。

wǒ　jiù　shì　nǐ　de　lǎo　shī

Ako ay ang iyong guro.

5 Pag-gamit ng「很ㄏㄣ "napaka" + Pang-uri」

很ㄏㄣ 棒ㄅㄤ

hěn bàng

Napaka galing

很ㄏㄣ 差ㄔㄚ

hěn chà

Napaka hina o napaka mababang uri

很ㄏㄣ 快ㄎㄨㄞ

hěn kuài

Napaka bilis

很ㄏㄣ 熱ㄖㄜ

hěn rè

Napaka init

6 Pag-gamit ng 「Pangngalan ＋ 很ㄏㄣˇ / 好ㄏㄠˇ "napaka buti" ＋ Pang-uri」

我ㄨㄛˇ 身ㄕㄣ 體ㄊㄧˇ 很ㄏㄣˇ 好ㄏㄠˇ 。

wǒ shēn tǐ   hěn hǎo

Napaka buti ng aking pangangatawan.

這ㄓㄜˋ 東ㄉㄨㄥ 西ㄒㄧ 好ㄏㄠˇ 美ㄇㄟˇ 。

zhè dōng xi   hǎo měi

Napaka ganda ng bagay na ito.

這ㄓㄜˋ 房ㄈㄤˊ 間ㄐㄧㄢ 好ㄏㄠˇ 大ㄉㄚˋ 。

zhè fáng jiān hǎo dà

Napaka laki ng kuwartong ito.

7 Pagsasabi o pagsalaysay ng oras

(1) Pag-gamit ng 「～點ㄉㄧㄢˇ（整ㄓㄥˇ）saktong oras」

一ㄧˋ點ㄉㄧㄢˇ yì diǎn Ala-una	一ㄧˋ點ㄉㄧㄢˇ整ㄓㄥˇ yì diǎn zhěng Saktong ala-una
兩ㄌㄧㄤˇ點ㄉㄧㄢˇ liǎng diǎn Alas dos	兩ㄌㄧㄤˇ點ㄉㄧㄢˇ整ㄓㄥˇ liǎng diǎn zhěng Saktong alas dos
十ㄕˊ九ㄐㄧㄡˇ點ㄉㄧㄢˇ shí jiǔ diǎn 19 oras	十ㄕˊ九ㄐㄧㄡˇ點ㄉㄧㄢˇ整ㄓㄥˇ shí jiǔ diǎn zhěng Saktong 19 oras

(2) Pag-gamit ng 「～點ㄉㄧㄢˇ…分ㄈㄣ "oras at minuto"」

一ㄧˋ點ㄉㄧㄢˇ十ㄕˊ三ㄙㄢ分ㄈㄣ yì diǎn shí sān fēn Ala-una trese	兩ㄌㄧㄤˇ點ㄉㄧㄢˇ二ㄦˋ十ㄕˊ分ㄈㄣ liǎng diǎn èr shí fēn Alas dos bente
三ㄙㄢ點ㄉㄧㄢˇ三ㄙㄢ十ㄕˊ四ㄙˋ分ㄈㄣ sān diǎn sān shí sì fēn Alas tres trenta'y kuwatro	十ㄕˊ八ㄅㄚ點ㄉㄧㄢˇ五ㄨˇ十ㄕˊ分ㄈㄣ shí bā diǎn wǔ shí fēn 18 oras singkwenta minuto

(3) Pag-gamit ng 「～點ㄉㄧㄢˇ三ㄙㄢ十ㄕˊ分ㄈㄣ "trenta minuto"」 at
「～點ㄉㄧㄢˇ半ㄅㄢˋ "media"」

三ㄙㄢ點ㄉㄧㄢˇ三ㄙㄢ十ㄕˊ分ㄈㄣ sān diǎn sān shí fēn Alas tres trenta	三ㄙㄢ點ㄉㄧㄢˇ半ㄅㄢˋ sān diǎn bàn Alas tres medya
八ㄅㄚ點ㄉㄧㄢˇ三ㄙㄢ十ㄕˊ分ㄈㄣ bā diǎn sān shí fēn Alas otso trenta	八ㄅㄚ點ㄉㄧㄢˇ半ㄅㄢˋ bā diǎn bàn Alas otso medy

8 Pag-gamit ng 「oras ＋見ㄐㄧㄢˋ "magkita tayo"」

三ㄙㄢ點ㄉㄧㄢˇ見ㄐㄧㄢˋ。

sān diǎn jiàn
Magkita tayo ng alas tres.

明ㄇㄧㄥˊ天ㄊㄧㄢ見ㄐㄧㄢˋ。

míng tiān jiàn
Magkita tayo bukas.

第 07 課
ㄉㄧˋ ㄎㄜˋ

你要去哪裡？
ㄋㄧˇ ㄧㄠˋ ㄑㄩˋ ㄋㄚˇ ㄌㄧˇ
nǐ yào qù nǎ lǐ

Saan ka pupunta?

Pakikipagusap

 07-1

請問，這火車往哪裡？ ㄑㄧㄥˇ ㄨㄣˋ ㄓㄜˋ ㄏㄨㄛˇ ㄔㄜ ㄨㄤˇ ㄋㄚˇ ㄌㄧˇ qǐng wèn zhè huǒ chē wǎng nǎ lǐ	Pwedeng magtanong, saan papunta ang tren na ito?
往[1] 台北車站。 ㄨㄤˇ ㄊㄞˊ ㄅㄟˇ ㄔㄜ ㄓㄢˋ wǎng tái běi chē zhàn	Papuntang Taipei station.
你要到哪裡？ ㄋㄧˇ ㄧㄠˋ ㄉㄠˋ ㄋㄚˇ ㄌㄧˇ nǐ yào dào nǎ lǐ	Saan ang punta mo?
我要到醫院。 ㄨㄛˇ ㄧㄠˋ ㄉㄠˋ ㄧ ㄩㄢˋ wǒ yào dào yī yuàn	Papunta ako sa hospital.
你可以[3] 坐這一班車。 ㄋㄧˇ ㄎㄜˇ ㄧˇ ㄗㄨㄛˋ ㄓㄜˋ ㄧˋ ㄅㄢ ㄔㄜ nǐ kě yǐ zuò zhè yì bān chē	Pwede kang sumakay sa biyahe ng tren na ito.
在第六站[5] 下車。 ㄗㄞˋ ㄉㄧˋ ㄌㄧㄡˋ ㄓㄢˋ ㄒㄧㄚˋ ㄔㄜ zài dì liù zhàn xià chē	Bumaba ka sa ika-6 na station.

從車站走到醫院有多遠[6]？ cóng chē zhàn zǒu dào yī yuàn yǒu duō yuǎn	Gaano kalayo ang paglalakad mula station hanggang hospital?
大約走五分鐘[7]吧！ dà yuē zǒu wǔ fēn zhōng ba	Maaaring humigit kumulang 5 minuto.
下車以後往哪裡？ xià chē yǐ hòu wǎng nǎ lǐ	Pagkababa ng tren, anong direksiyon?
往右走。 wǎng yòu zǒu	Maglakad papuntang kanan.
要轉彎嗎[9]？ yào zhuǎn wān ma	Liliko ba?
在第二個[11]路口向左轉[12]就到了。 zài dì èr ge lù kǒu xiàng zuǒ zhuǎn jiù dào le	Sa ikalawang kanto, kakaliwa ka, mararating mo na.
謝謝你。 xiè xie nǐ	Thank you.

Bokabularyo

🎧 07-2

火車 huǒ chē	tren	醫院 yī yuàn	hospital
坐／搭 zuò dā	sakay	班 bān（量詞）(liàng cí)	Numero ng biyahe
車 chē	Sasakyan (car)	第六 dì liù	Ika-6
站 zhàn	station	下車 xià chē	bumaba ng sasakyan
從 cóng（介詞）(jiè cí)	magmula sa (galing sa)	走 zǒu	Maglakad
到 dào（介詞）(jiè cí)	hanggang sa	多遠 duō yuǎn	gaano kalayo
大約 dà yuē	humigit kumulang	以後 yǐ hòu	pagkatapos / susunod

往ㄨㄤˇ wǎng	papunta	右ㄧㄡˋ yòu	kanan
轉ㄓㄨㄢˇ zhuǎn	lumiko (pakanan o pakaliwa)	彎ㄨㄢ wān	kurbada
個ㄍㄜˋ ge （量ㄌㄧㄤˋ詞ㄘˊ） (liàng cí)	ng	路ㄌㄨˋ口ㄎㄡˇ lù kǒu	kanto
向ㄒㄧㄤˋ xiàng	direksiyon (going to...)	可ㄎㄜˇ以ㄧˇ kě yǐ	pwede (maari)

✳ Karagdagang Bokabularyo 🎵 07-3

▫ 公共汽車 bus
　gōng gòng qì chē
　（公車）
　(gōng chē)

▫ 上車 sumakay
　shàng chē

▫ 近 malapit
　jìn

▫ 走過頭 Lumagpas sa paglalakad
　zǒu guò tóu

▫ 往回走 maglakad pabalik
　wǎng huí zǒu

▫ 死巷 daan na walang labasan (dead-end)
　sǐ xiàng

▫ 對面 kabilang daan
　duì miàn

▫ 郵局 Pos opis (Post office)
　yóu jú

▫ 銀行 bangko
　yín háng

Pag-gamit ng gramatika

🎵 07-4

1 Pag-gamit ng 「從ㄘㄨㄥˊ "mula sa" o "galing sa"」, 「到ㄉㄠˋ "papunta sa"」, 「往ㄨㄤˇ "patungo"」, 「向ㄒㄧㄤˋ "sa direksiyon ng"」, 「在ㄗㄞˋ "sa"」

從ㄘㄨㄥˊ cóng Galing sa	妳ㄋㄧˇ 從ㄘㄨㄥˊ 哪ㄋㄚˇ 裡ㄌㄧˇ 來ㄌㄞˊ ? nǐ cóng nǎ lǐ lái Saan ka galing? 我ㄨㄛˇ 從ㄘㄨㄥˊ 台ㄊㄞˊ 灣ㄨㄢ 來ㄌㄞˊ 。 wǒ cóng tái wān lái Ako ay nagmula sa Taiwan.
到ㄉㄠˋ dào papunta sa	我ㄨㄛˇ 要ㄧㄠˋ 到ㄉㄠˋ 銀ㄧㄣˊ 行ㄏㄤˊ 。 wǒ yào dào yín háng Papunta ako sa bangko. 他ㄊㄚ 要ㄧㄠˋ 到ㄉㄠˋ 郵ㄧㄡˊ 局ㄐㄩˊ 。 tā yào dào yóu jú Papunta siya sa post office.

往 wǎng patungo	往右走。 wǎng yòu zǒu Maglakad patungong kanan. 下車往左走。 xià chē wǎng zuǒ zǒu Maglakad patungong kaliwa pagkababa ng sasakyan.
向 xiàng sa direksiyon ng	我們向東走。 wǒ men xiàng dōng zǒu Maglakad tayo sa direksiyon ng silangan. 妳向前走。 nǐ xiàng qián zǒu Maglakad ka sa direksiyon ng iyong harapan.
在 zài sa	在哪裡下車? zài nǎ lǐ xià chē Saan bababa ng sasakyan? 在郵局下車。 zài yóu jú xià chē Sa post office bababa.

🎧 07-5

2 Pag-gamit ng negatibong pangungusap,「不往/

不到 "hindi patungo sa / hindi papunta ng" + Pangngalan + Berbo 」

他們不往百貨公司走。

tā　men　bù wǎng bǎi huò gōng sī　zǒu

Hindi sila naglalakad patungo sa direksiyon ng department store.

我們不到公園去。

wǒ　men　bú　dào gōng yuán qù

Hindi tayo papunta sa park.

3 Pag-gamit ng「可ㄎㄜˇ以ㄧˇ "pwede ba" + Berbo + (Pangngalan)」

(1) Nagpapahayag na maaari o pwede

我ㄨㄛˇ 可ㄎㄜˇ以ㄧˇ 坐ㄗㄨㄛˋ 。

wǒ kě yǐ zuò

Pwede akong umupo.

我ㄨㄛˇ 可ㄎㄜˇ以ㄧˇ 坐ㄗㄨㄛˋ 公ㄍㄨㄥ車ㄔㄜ 。

wǒ kě yǐ zuò gōng chē

Pwede akong sumakay ng bus.

(2) Nagpapahayag na pinayagan

他ㄊㄚ 可ㄎㄜˇ以ㄧˇ 吃ㄔ 。

tā kě yǐ chī

Pwede siyang kumain.

他ㄊㄚ 可ㄎㄜˇ以ㄧˇ 吃ㄔ 糖ㄊㄤˊ果ㄍㄨㄛˇ 。

tā kě yǐ chī táng guǒ

Pwede siyang kumain ng kendi.

4 Pag-gamit ng pagpapahayag ng mga tanong 「可不

可以 "maaari ba o hindi" + **Berbo** + (Pangngalan) ？」

我可不可以坐 ？
wǒ kě bù kě yǐ zuò
Maaari ba akong umupo?

我可不可以坐公車 ？
wǒ kě bù kě yǐ zuò gōng chē
Maaari ba akong sumakay ng bus?

他可不可以吃 ？
tā kě bù kě yǐ chī
Maaari ba siyang kumain?

他可不可以吃糖果 ？
tā kě bù kě yǐ chī táng guǒ
Maaari ba siyang kumain ng kendi?

5 Pag-gamit ng「第ㄉㄧˋ "ika-" + bilang + numero ～」

第ㄉㄧˋ二ㄦˋ杯ㄅㄟ七ㄑㄧ折ㄓㄜˊ。

dì èr bēi qī zhé

Ang ika-2 tasa ay mayroon bawas na 30 porsiyento.

第ㄉㄧˋ三ㄙㄢ件ㄐㄧㄢˋ半ㄅㄢˋ價ㄐㄧㄚˋ。

dì sān jiàn bàn jià

Ang ika-3 ay kalahati ang halaga (presyo).

第ㄉㄧˋ四ㄙˋ次ㄘˋ免ㄇㄧㄢˇ費ㄈㄟˋ。

dì sì cì miǎn fèi

Ang ika-4 na beses ay walang bayad.

6 Pag-gamit ng 「長 "haba"」、「高 "taas"」、「遠 "layo"」

長 cháng haba	這東西有多長？ zhè dōng xi yǒu duō cháng Gaano kahaba ang bagay na ito? 這東西有三十公分長。 zhè dōng xi yǒu sān shí gōng fēn cháng Itong bagay na ito ay 30cm (centimeters) ang haba.
高 gāo taas	這建築物有多高？ zhè jiàn zhú wù yǒu duō gāo Gaano kataas ang gusaling ito? 這建築物有五十公尺高。 zhè jiàn zhú wù yǒu wǔ shí gōng chǐ gāo Ang gusaling ito ay 50m (meters) ang taas.
遠 yuǎn layo	從這裡到醫院有多遠？ cóng zhè lǐ dào yī yuàn yǒu duō yuǎn Gaano kalayo mula dito hanggang hospital? 從這裡到醫院有一公里遠。 cóng zhè lǐ dào yī yuàn yǒu yī gōng lǐ yuǎn Mula dito hanggang hospital ay 1km (kilometro) ang layo.

7 Pag-gamit ng oras

幾ㄐㄧˇ個ㄍㄜˋ小ㄒㄧㄠˇ時ㄕˊ？ jǐ ge xiǎo shí ＝幾ㄐㄧˇ個ㄍㄜˋ鐘ㄓㄨㄥ頭ㄊㄡˊ？ jǐ ge zhōng tóu Ilang oras?	幾ㄐㄧˇ分ㄈㄣ鐘ㄓㄨㄥ？ jǐ fēn zhōng Ilang minuto?
一ㄧˊ個ㄍㄜˋ小ㄒㄧㄠˇ時ㄕˊ。 yí ge xiǎo shí ＝一ㄧˊ個ㄍㄜˋ鐘ㄓㄨㄥ頭ㄊㄡˊ。 yí ge zhōng tóu Isang oras.	一ㄧˊ分ㄈㄣ鐘ㄓㄨㄥ。 yì fēn zhōng Isang minuto.
兩ㄌㄧㄤˇ個ㄍㄜˋ小ㄒㄧㄠˇ時ㄕˊ。 liǎng ge xiǎo shí ＝兩ㄌㄧㄤˇ個ㄍㄜˋ鐘ㄓㄨㄥ頭ㄊㄡˊ。 liǎng ge zhōng tóu Dalawang oras.	兩ㄌㄧㄤˇ分ㄈㄣ鐘ㄓㄨㄥ。 liǎng fēn zhōng Dalawang minuto.
半ㄅㄢˋ個ㄍㄜˋ小ㄒㄧㄠˇ時ㄕˊ。 bàn ge xiǎo shí ＝半ㄅㄢˋ個ㄍㄜˋ鐘ㄓㄨㄥ頭ㄊㄡˊ。 bàn ge zhōng tóu Kalahating oras.	十ㄕˊ五ㄨˇ分ㄈㄣ鐘ㄓㄨㄥ。 shí wǔ fēn zhōng Labinlimang minuto.

兩ㄌㄧㄤˇ個ㄍㄜˋ半ㄅㄢˋ小ㄒㄧㄠˇ時ㄕˊ。
liǎng ge bàn xiǎo shí
= 兩ㄌㄧㄤˇ個ㄍㄜˋ半ㄅㄢˋ鐘ㄓㄨㄥ頭ㄊㄡˊ。
liǎng ge bàn zhōng tóu
Dalawang oras at kalahati.

三ㄙㄢ十ㄕˊ分ㄈㄣ鐘ㄓㄨㄥ。
sān shí fēn zhōng
Tatlumpong minuto.

Komento

＊「小ㄒㄧㄠˇ時ㄕˊ」＝「鐘ㄓㄨㄥ頭ㄊㄡˊ」

8 Pag-gamit ng「Berbo ＋ oras」

🎧 07-8

運ㄩㄣˋ動ㄉㄨㄥˋ半ㄅㄢˋ個ㄍㄜˋ小ㄒㄧㄠˇ時ㄕˊ。
yùn dòng bàn ge xiǎo shí
Ehersiyo ng kalahating oras.

遲ㄔˊ到ㄉㄠˋ十ㄕˊ分ㄈㄣ鐘ㄓㄨㄥ。
chí dào shí fēn zhōng
Antala ng dating ng 10 minuto.

9 Pag-gamit ng 「要ㄧㄠˋ "gusto" + Berbo + (Pangngalan) + 嗎ㄇㄚ˙ "ba" ？」

要ㄧㄠˋ走ㄗㄡˇ嗎ㄇㄚ˙ ？

yào zǒu ma

Aalis na ba?

要ㄧㄠˋ走ㄗㄡˇ路ㄌㄨˋ嗎ㄇㄚ˙ ？

yào zǒu lù ma

Maglalakad na ba?

要ㄧㄠˋ下ㄒㄧㄚˋ嗎ㄇㄚ˙ ？

yào xià ma

Bababa na ba?

要ㄧㄠˋ下ㄒㄧㄚˋ車ㄔㄜ嗎ㄇㄚ˙ ？

yào xià chē ma

Bababa na ba ng bus?

要ㄧㄠˋ喝ㄏㄜ嗎ㄇㄚ˙ ？

yào hē ma

Iinom ka na ba?

要ㄧㄠˋ喝ㄏㄜ水ㄕㄨㄟˇ嗎ㄇㄚ˙ ？

yào hē shuǐ ma

Iinom ka na ba ng tubig?

🍐 07-9

10 Pag-gamit ng「在 "sa" + lugar + 下車 "baba ng sasakyan"」

在學校下車。

zài xué xiào xià chē

Sa eskwelahan ang baba ng sasakyan.

在下一個路口下車。

zài xià yí ge lù kǒu xià chē

Sa susunod na kanto ang baba ng sasakyan.

11 Pag-gamit ng「ordinal o pagkakasunod-sunod + unit o bahagi」

第一名

dì yī míng

Unang pwesto

第二位

dì èr wèi

Pangalawang tao

第三排

dì sān pái

Pangatlong hilera

第四天

dì sì tiān

Pang-apat na araw

第五桌

dì wǔ zhuō

Pang-limang lamesa

12 Pag-gamit ng 「向ㄒㄧㄤ "papunta sa" + **direksiyon** +轉ㄓㄨㄢ˅ "lumiko"」

向ㄒㄧㄤ右ㄧㄡˋ轉ㄓㄨㄢ˅

xiàng yòu zhuǎn

Lumiko sa kanang direksiyon.

向ㄒㄧㄤ左ㄗㄨㄛ˅轉ㄓㄨㄢ˅

xiàng zuǒ zhuǎn

Lumiko sa kaliwang direksiyon.

向ㄒㄧㄤ後ㄏㄡˋ轉ㄓㄨㄢ˅

xiàng hòu zhuǎn

Lumiko papunta sa likuran na direksiyon.

Komento

∗ Taliwas o eksepsyon：

「迴ㄏㄨㄟˊ轉ㄓㄨㄢ˅ huí zhuǎn（Bumalik）」hindi pwedeng sabihin na「向ㄒㄧㄤ迴ㄏㄨㄟˊ轉ㄓㄨㄢ˅ xiàng huí zhuǎn（sa direksiyon ng pabalik）」

121

第ㄉㄧˋ**08**課ㄎㄜˋ

到ㄉㄠˋ郵ㄧㄡˊ局ㄐㄩˊ
dào yóu jú

Papunta sa pos opis (post office)

Pakikipagusap

 08-1

你ㄋㄧˇ好ㄏㄠˇ，寄ㄐㄧˋ信ㄒㄧㄣˋ是ㄕˋ在ㄗㄞˋ這ㄓㄜˋ個ㄍㄜ˙ nǐ hǎo jì xìn shì zài zhè ge 窗ㄔㄨㄤ口ㄎㄡˇ嗎ㄇㄚ˙？ chuāng kǒu ma	Hello, dito ba sa bintana (counter) na ito ang pag-padalahan ng liham (sulat)?
對ㄉㄨㄟˋ，請ㄑㄧㄥˇ先ㄒㄧㄢ抽ㄔㄡ號ㄏㄠˋ碼ㄇㄚˇ牌ㄆㄞˊ。 duì qǐng xiān chōu hào mǎ pái	Oo, mangyaring kumuha muna ng numero sa pila.
好ㄏㄠˇ。 hǎo	Sige (ok).
一ㄧ百ㄅㄞˇ三ㄙㄢ十ㄕˊ六ㄌㄧㄡˋ號ㄏㄠˋ請ㄑㄧㄥˇ yì bǎi sān shí liù hào qǐng 到ㄉㄠˋ五ㄨˇ號ㄏㄠˋ櫃ㄍㄨㄟˋ檯ㄊㄞˊ[1]。 dào wǔ hào guì tái	Numero 136 pumunta lamang sa ika-5 bintana (counter).

你要寄到哪裡[2]？ nǐ yào jì dào nǎ lǐ	Saan ipapadala?
日本。請問（需）要 rì běn qǐng wèn (xū) yào 幾天呢？ jǐ tiān ne	Japan. Ilang araw tatagal?
航空函件（需）要七 háng kōng hán jiàn (xū) yào qī 天。水陸函件（需） tiān shuǐ lù hán jiàn (xū) 要三個禮拜左右。 yào sān ge lǐ bài zuǒ yòu	7 araw kapag air mail. Kapag "surface mail" naman ay humigit kumulang aabutin ng 3 linggo.
那麼，我要[3]寄航空 nà me wǒ yào jì háng kōng 信。請看一看[4]我貼 xìn qǐng kàn yí kàn wǒ tiē 的郵資對不對？ de yóu zī duì bú duì	Kaya… airmail ang gusto ko. Paki tingnan lamang kung tama ang inilagay kung postage?
要掛號嗎？ yào guà hào ma	Registered mail ba?

不要掛號。寄包裹也在這裡嗎？ bú yào guà hào　jì bāo guǒ yě zài zhè lǐ ma	Hindi registered. Dito rin ba ipinapadala ang pakete (package)?
是的。 shì de	Oo.
有賣箱子嗎 [5] ？ yǒu mài xiāng zi ma	Nagbebenta kayo ng kahon?
有，你要買幾號箱子？ yǒu　nǐ yào mǎi jǐ hào xiāng zi	Meron, anong numero (gaano kalaki) ng kahon ang gusto mong bilhin?
我不清楚。我要裝這個物品。 wǒ bù qīng chǔ　wǒ yào zhuāng zhè ge wù pǐn	Hindi ako sigurado (hindi malinaw). Ito ang ilalagay ko.

二號箱就可以了。 èr hào xiāng jiù kě yǐ le 含郵資八十元。 hán yóu zī bā shí yuán	Pwede na ang numero 2 na kahon. 80 yuan Kasama na ang postage.
請問存款在哪裡辦理？ qǐng wèn cún kuǎn zài nǎ lǐ bàn lǐ	Saan naman iproproseso ang deposito? (bank accopunt)
你去二樓第一個窗口辦理[6]吧。 nǐ qù èr lóu dì yī ge chuāng kǒu bàn lǐ ba	Pumunta ka sa pangalawang palapag, sa unang bintana mo iproseso.
好，謝謝。 hǎo xiè xie	Sige, thank you.

Bokabularyo

08-2

寄 jì	padala	信 xìn	Liham (sulat)
窗口 chuāng kǒu	Bintana	抽 chōu	Bumunot (kumuha)
號碼牌 hào mǎ pái	Numero ng pila	櫃檯 guì tái	Counter
哪裡 nǎ lǐ	saan	日本 rì běn	Japan
航空信、 háng kōng xìn 航空函件 háng kōng hán jiàn	Air mail	水陸函件 shuǐ lù hán jiàn	Surface mail
（需）要 (xū) yào	kailangan	左右 zuǒ yòu	Humigit kumulang
看 kàn	tingin	貼 tiē	Dikit (lagyan)
對不對 duì bú duì	Tama ba?	掛號 guà hào	Registered

不用 bú yòng	Hindi kailangan	包裹 bāo guǒ	Pakete (package)
賣 mài	benta	箱子 xiāng zi	kahon
買 mǎi	bibili	清楚 qīng chǔ	malinaw
裝 zhuāng	ilalagay	物品 wù pǐn	Mga bagay
可以 kě yǐ	pwede	含 hán	Kasama (gamit sa bagay)
存款 cún kuǎn	Deposito (bank account)	辦理 bàn lǐ	iproseso
第一個 dì yī ge	Sa una (ika-1)		

✳ Karagdagang Bokabularyo 🎵 08-3

☐ 平信 Ordinaryong sulat (ordinary mail)
píng xìn

☐ 郵票 Koreo (stamp)
yóu piào

☐ 地址 address
dì zhǐ

☐ 電話 telepono
diàn huà

☐ 收件人 Taong tatanggap
shōu jiàn rén

☐ 寄件人 Taong nagpadala
jì jiàn rén

☐ 郵遞區號 Kodigo ng lugar (Area code)
yóu dì qū hào

☐ 限時信 Ekspres na liham (Express mail)
xiàn shí xìn

☐ 郵差 kartero
yóu chāi

☐ 膠帶 Tape
jiāo dài

☐ 膠水 Pandikit (pangkola)
jiāo shuǐ

☐ 繩子 Panali (tali)
shéng zi

☐ 提款 Withdrawal
tí kuǎn

☐ 密碼 Password
mì mǎ

☐ 轉帳 Paglipat ng pera (Transfer of funds)
zhuǎn zhàng

☐ 匯款 Remit (remittance)
huì kuǎn

Pag-gamit ng gramatika 🎵 08-4

1 Pag-gamit ng 「到ㄉㄠˋ "papunta sa" + lugar」

到ㄉㄠˋ 客ㄎㄜˋ 廳ㄊㄧㄥ。

dào kè tīng

Papunta sa salas.

到ㄉㄠˋ 郵ㄧㄡˊ 局ㄐㄩˊ。

dào yóu jú

Papunta sa pos opis.

到ㄉㄠˋ 那ㄋㄚˋ 裏ㄌㄧˇ。

dào nà lǐ

Papunta diyan.

2 Pag-gamit ng 「寄ㄐㄧˋ 到ㄉㄠˋ "ipadala sa" + lugar」

寄ㄐㄧˋ 到ㄉㄠˋ 日ㄖˋ 本ㄅㄣˇ。

jì dào rì běn

Ipadala sa Japan.

寄ㄐㄧˋ 到ㄉㄠˋ 我ㄨㄛˇ 家ㄐㄧㄚ。

jì dào wǒ jiā

Ipadala sa bahay ko.

3 Pag-gamit ng「要ㄧㄠˋ "gusto"」,「不ㄅㄨˋ要ㄧㄠˋ "ayaw"」,「要ㄧㄠˋ 不ㄅㄨˊ要ㄧㄠˋ "gusto o ayaw"」

(1) Naglalahad ng sigurado「要ㄧㄠˋ "gusto"」

我ㄨㄛˇ要ㄧㄠˋ買ㄇㄞˇ郵ㄧㄡˊ票ㄆㄧㄠˋ。

wǒ yào mǎi yóu piào

Gusto kong bumili ng stamp.

我ㄨㄛˇ要ㄧㄠˋ到ㄉㄠˋ車ㄔㄜ站ㄓㄢˋ。

wǒ yào dào chē zhàn

Gusto kong pumunta sa station ng bus (tren).

我ㄨㄛˇ要ㄧㄠˋ吃ㄔ炒ㄔㄠˇ麵ㄇㄧㄢˋ。

wǒ yào chī chǎo miàn

Gusto kong kumain ng gisadong pancit.

(2) Naglalahad ng hindi gusto 「不要 "ayaw"」

我不要郵票。

wǒ bú yào yóu piào

Ayaw kong bumili ng stamp.

我不要到車站。

wǒ bú yào dào chē zhàn

Ayaw kong pumunta sa station ng bus (tren).

我不要吃炒麵。

wǒ bú yào chī chǎo miàn

Ayaw kong kumain ng gisadong pancit.

(3) Naglalahad ng pagtanong 「要不要 "gusto mo ba" ～？」

你要不要買郵票？

nǐ yào bú yào mǎi yóu piào

Gusto mo bang bumili ng stamp?

你要不要到車站？

nǐ yào bú yào dào chē zhàn

Gusto mo bang pumunta sa station ng bus (tren)?

你要不要吃炒麵？

nǐ yào bú yào chī chǎo miàn

Gusto mo bang kumain ng gisadong pancit?

🔊 08-5

4 Pag-gamit ng「Berbo +（一ˊ／一˙）+ Berbo」

=「Berbo + Berbo + 看ㄎㄢˋ」

請ㄑㄧㄥˇ 試ㄕˋ 一ˊ 試ㄕˋ 。　　　= 請ㄑㄧㄥˇ 試ㄕˋ 試ㄕˋ 看ㄎㄢˋ 。
qǐng shì　yí　shì　　　　　　　qǐng shì　shì　kàn
Pwede mong subukan.

秤ㄔㄥˋ 一ˊ 秤ㄔㄥˋ 多ㄉㄨㄛ 少ㄕㄠˇ 錢ㄑㄧㄢˊ ?　= 秤ㄔㄥˋ 秤ㄔㄥˋ 看ㄎㄢˋ 多ㄉㄨㄛ 少ㄕㄠˇ 錢ㄑㄧㄢˊ ?
chèng yí chèng duō shǎo qián　　chèng chèng kàn duō shǎo qián
Sukatin mo kung magkano?

量ㄌㄧㄤˊ 一ˊ 量ㄌㄧㄤˊ 幾ㄐㄧ 公ㄍㄨㄥ 斤ㄐㄧㄣ ?　= 量ㄌㄧㄤˊ 量ㄌㄧㄤˊ 看ㄎㄢˋ 幾ㄐㄧ 公ㄍㄨㄥ 斤ㄐㄧㄣ ?
liáng yì liáng jǐ　gōng jīn　　　liáng liáng kàn jǐ　gōng jīn
Timbangin mo kung ilan kilo?

5 Pag-gamit ng「有ㄧㄡˇ賣ㄇㄞˋ "meron tinda" + **Pangngalan** +

嗎ㄇㄚ˙ "ba"？」

有ㄧㄡˇ賣ㄇㄞˋ郵ㄧㄡˊ票ㄆㄧㄠˋ嗎ㄇㄚ˙？

yǒu mài yóu piào ma

Meron bang tindang (benta) stamp?

有ㄧㄡˇ賣ㄇㄞˋ信ㄒㄧㄣˋ封ㄈㄥ嗎ㄇㄚ˙？

yǒu mài xìn fēng ma

Meron bang tindang (benta) sobre?

有ㄧㄡˇ賣ㄇㄞˋ明ㄇㄧㄥˊ信ㄒㄧㄣˋ片ㄆㄧㄢˋ嗎ㄇㄚ˙？

yǒu mài míng xìn piàn ma

Meron bang tindang (benta) post card?

6 Pag-gamit ng「去ㄑㄩˋ "punta" + **Pangngalan** + Berbo」

你ㄋㄧˇ去ㄑㄩˋ窗ㄔㄨㄤ口ㄎㄡˇ辦ㄅㄢˋ理ㄌㄧˇ吧ㄅㄚ˙。

nǐ qù chuāng kǒu bàn lǐ ba

Pumunta ka sa counter para magproseso.

我ㄨㄛˇ去ㄑㄩˋ郵ㄧㄡˊ局ㄐㄩˊ寄ㄐㄧˋ信ㄒㄧㄣˋ。

wǒ qù yóu jú jì xìn

Pumunta ka sa pos opis para magpadala ng sulat.

我ㄨㄛˇ去ㄑㄩˋ超ㄔㄠ商ㄕㄤ買ㄇㄞˇ東ㄉㄨㄥ西ㄒㄧ。

wǒ qù chāo shāng mǎi dōng xi

Pumunta ka sa tindahan para bumili ng gamit.

第ㄉㄧˋ 09 課ㄎㄜˋ

訪ㄈㄤˇ 問ㄨㄣˋ
fǎng wèn
Tanong o panayam

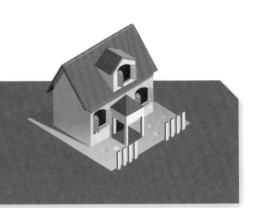

 09-1

有ㄧㄡˇ人ㄖㄣˊ在ㄗㄞˋ嗎ㄇㄚ？ yǒu rén zài ma	May tao ba?
請ㄑㄧㄥˇ進ㄐㄧㄣˋ（來ㄌㄞˊ），歡ㄏㄨㄢ迎ㄧㄥˊ你ㄋㄧˇ。 qǐng jìn　（lái）　huān yíng nǐ	Tuloy, maligayang pagdating.
不ㄅㄨˋ好ㄏㄠˇ意ㄧˋ思ㄙ，打ㄉㄚˇ擾ㄖㄠˇ了ㄌㄜ。 bù hǎo yì si　dǎ rǎo le	Excuse me (paumanhin), sa abala.
哪ㄋㄚˇ裡ㄌㄧˇ，哪ㄋㄚˇ裡ㄌㄧˇ。我ㄨㄛˇ們ㄇㄣ nǎ lǐ　nǎ lǐ　wǒ men 正ㄓㄥˋ在ㄗㄞˋ等ㄉㄥˇ[1]你ㄋㄧˇ呢ㄋㄜ！ zhèng zài děng nǐ ne	Wala yun, hinihintay nga kita!

請坐，請喝茶。 qǐng zuò　qǐng hē chá	Maupo ka, inom ka ng tsaa.
謝謝！ xiè xie	Thank you!
你吃飯了沒有[2]？ nǐ chī fàn le méi yǒu	Kumain ka na ba?
我們正在包水餃。 wǒ men zhèng zài bāo shuǐ jiǎo	Tamang-tama gumagawa (nagbabalot) ako ng dumpling.
跟[3]我們一起吃吧！ gēn　wǒ men yì qǐ chī ba	Sumabay ka na sa amin kumain!
我已經吃飽了[4]。 wǒ　yǐ jīng chī bǎo le	Kumain na ako.
不要[5]客氣！ bú yào kè qì	Huwag kang mahiya!

Bokabularyo

09-2

人 rén	tao	進 (來) jìn (lái)	Tuloy
歡迎 huān yíng	Welcome (Maligayang pagdating)	打擾 dǎ rǎo	abala
等 děng	Hintay/ hinihintay	坐 zuò	Upo
喝 hē	Inom	茶 chá	Tsaa
吃飯 chī fàn	Kain / kain ng kanin	正在 zhèng zài	Tamang-tama
包 bāo	nagbabalot	水餃 shuǐ jiǎo	Dumpling
一起 yì qǐ	Sabay /sumabay	已經 yǐ jīng	tapos na / na
客氣 kè qì	Mabait / nahihiya (asal ng bisista)		

✻ Karagdagang Bokabularyo 🔊 09-3

□ 出去 lumabas
chū qù

□ 咖啡 kape
kā fēi

□ 果汁 juice
guǒ zhī

□ 熱開水 Mainit na tubig inumin
rè kāi shuǐ

□ 麵 pancit
miàn

□ 不餓 Hindi gutom
bú è

Pag-gamit ng gramatika

🔊 09-4

1 Pag-gamit ng salitang kasalukuyang may ginagawa

「正在 "kasalukuyan" + Berbo」=「在 "ay" + Berbo」

他們正在睡覺。　　= 他們在睡覺。
tā men zhèng zài shuì jiào 　　tā men zài shuì jiào
Sila ay kasalukuyang natutulog. 　Sila ay natutulog.

他正在吃飯。　　= 他在吃飯。
tā zhèng zài chī fàn 　　tā zài chī fàn
Siya ay kasalukuyang kumakain. 　Siya ay kumakain.

2 Pag-gamit ng berbo na nagbabakasakali (hindi sigurado),

「Berbo + 了沒 (有) "na ba" ？」

= 「Berbo + 了嗎 "na" ？」

你吃了沒 (有) ？　　　= 你吃了嗎 ？

nǐ　chī　le　méi　(yǒu)　　　　nǐ　chī　le　ma

Kumain ka na ba?　　　　　　Kumain ka na?

你睡飽了沒 (有) ？ = 你睡飽了嗎 ？

nǐ shuì bǎo le méi　(yǒu)　　nǐ shuì bǎo le　ma

Sapat na ba ang tulog mo?　Sapat na ang tulog mo?

3 Pag-gamit ng salitang 「跟 "sabay"」

跟我們一起吃吧 ！

gēn　wǒ　men　yì　qǐ　chī　ba

Sumabay ka na sa amin kumain!

（你） 跟我們一起走吧 ！

(nǐ)　　gēn wǒ men　yì　qǐ　zǒu　ba

Sumabay ka na sa amin maglakad!

（他） 跟我去郵局 。

(tā)　　gēn　wǒ　qù　yóu　jú

Sumabay siya sa amin pumunta ng pos opis.

4 Pag-gamit ng salitang「已經～了 "tapos na" / "na"」

已經吃了。
yǐ jīng chī le
Tapos nang kumain.

已經壞掉了。
yǐ jīng huài diào le
Sira na.

5 Pag-gamit ng salitang「不要 "huwag nang"」=「別 "huwag"」

不要客氣！　　　　　= 別客氣！
bú yào kè qì　　　　　bié kè qì
Huwag nang mahiya!　　Huwag mahiya!

不要這麼說！　　　　= 別這麼說！
bú yào zhè me shuō　　bié zhè me shuō
Huwag mo nang banggitin!　Huwag banggitin!

不要去！　　　　　　= 別去！
bú yào qù　　　　　　bié qù
Huwag nang pumunta!　Huwag pumunta!

第ㄉㄧˋ **10** 課ㄎㄜˋ

家ㄐㄧㄚ 族ㄗㄨˊ
jiā   zú

Pamilya

Pakikipagusap

🎵 10-1

你ㄋㄧˇ們ㄇㄣ˙家ㄐㄧㄚ有ㄧㄡˇ多ㄉㄨㄛ少ㄕㄠˇ人ㄖㄣˊ？ nǐ men jiā yǒu duō shǎo rén	Ilang tao kayo sa bahay ninyo?
有ㄧㄡˇ五ㄨˇ位ㄨㄟˋ。爸ㄅㄚˋ爸ㄅㄚ˙、媽ㄇㄚ媽ㄇㄚˊ、 yǒu wǔ wèi bà ba mā ma 哥ㄍㄜ哥ㄍㄜ˙、姐ㄐㄧㄝˇ姐ㄐㄧㄝˇ和ㄏㄜˊ我ㄨㄛˇ。 gē ge jiě jie hé wǒ	Meron 5 katao. Tatay, nanay, kuya, ate at ako.
你ㄋㄧˇ父ㄈㄨˋ母ㄇㄨˇ都ㄉㄡ在ㄗㄞˋ上ㄕㄤˋ班ㄅㄢ嗎ㄇㄚˇ？ nǐ fù mǔ dōu zài shàng bān ma	Nagtatrabaho ba ang iyong mga magulang?
爸ㄅㄚˋ爸ㄅㄚˊ在ㄗㄞˋ郵ㄧㄡˊ局ㄐㄩˊ上ㄕㄤˋ班ㄅㄢ。 bà ba zài yóu jú shàng bān	Ang tatay ko ay sa tanggapan ng koreo (pos opis) nagtatrabaho.
媽ㄇㄚ媽ㄇㄚˊ是ㄕˋ家ㄐㄧㄚ庭ㄊㄧㄥˊ主ㄓㄨˇ婦ㄈㄨˋ。 mā ma shì jiā tíng zhǔ fù	Ang nanay ko ay isang maybahay.

你爸爸多大年紀[1]？ nǐ bà ba duō dà nián jì	Ilang taon na ang tatay mo?
五十二歲。 wǔ shí èr suì	52 taong gulang.
你哥哥是學生，還是 nǐ gē ge shì xué shēng hái shì 上班族[2]？ shàng bān zú	Estudyante ba ang kuya mo o nagtatrabaho?
他是工程師。 tā shì gōng chéng shī	Inhenyero siya.
你們住在一起[3]嗎？ nǐ men zhù zài yì qǐ ma	Magkasama ba kayong nakatira sa isang bubong?
他住在新竹。 tā zhù zài xīn zhú 我去過[4]一次[6]。 wǒ qù guò yí cì	Sa Hsinchu siya nakatira. Nakapunta na ako doon ng isang beses.
姐姐結婚了嗎？ jiě jie jié hūn le ma	Meron na bang asawa ang ate mo?
她結婚了。有一男一 tā jié hūn le yǒu yì nán yì 女。 nǚ	May asawa na siya. May anak na 1 lalake at 1 babae.

小ㄒㄧㄠˇ孩ㄏㄞˊ幾ㄐㄧˇ歲ㄙㄨㄟˋ了ㄌㄜ˙ [7] ？ xiǎo hái jǐ suì le	Anong edad ng mga anak?
大ㄉㄚˋ的ㄉㄜ˙四ㄙˋ歲ㄙㄨㄟˋ，小ㄒㄧㄠ的ㄉㄜ˙ [8] 一ㄧˊ dà de sì suì xiǎo de yí 歲ㄙㄨㄟˋ。 suì	Ang panganay ay 4 na taong gulang at ang bunso ay 1 taong gulang.

Bokabularyo

🍎 10-2

家ㄐㄧㄚ jiā	bahay (tahanan)	人ㄖㄣˊ rén	tao
位ㄨㄟˋ wèi	Katao (yunit ng tao)	爸ㄅㄚˋ爸ㄅㄚ˙／ bà ba 父ㄈㄨˋ親ㄑㄧㄣ fù qīn	papa / tatay
媽ㄇㄚ媽ㄇㄚ˙／ mā ma 母ㄇㄨˇ親ㄑㄧㄣ mǔ qīn	mama / nanay	哥ㄍㄜ哥ㄍㄜ˙ gē ge	kuya
姐ㄐㄧㄝˇ姐ㄐㄧㄝ˙ jiě jie	ate	父ㄈㄨˋ母ㄇㄨˇ fù mǔ	mga magulang

142

都 dōu	lahat ay...	上班 shàng bān	nagtatrabaho
家庭主婦 jiā tíng zhǔ fù	maybahay (inang tahanan)	多大 duō dà	Ilang taong gulang (gaano kalaki)
年紀 nián jì	edad	歲 suì	taong gulang
學生 xué shēng	estudyante	還是 hái shì	di kaya'y (o)
上班族 shàng bān zú	nagtatrabaho	工程師 gōng chéng shī	inhenyero
住 zhù	nakatira	一起 yì qǐ	magkasama
新竹 xīn zhú	Hsinchu	結婚 jié hūn	kasal
男 nán	lalake	女 nǚ	babae
小孩 xiǎo hái	anak		

✽ Karagdagang Bokabularyo　 10-3

□ 爺ㄧㄝˊ爺˙ㄧㄝ　lolo (ama ng tatay)
　yé ye

□ 奶ㄋㄞˇ奶˙ㄋㄞ　lola (ina ng tatay)
　nǎi nai

□ 外ㄨㄞˋ公ㄍㄨㄥ　lolo (ama ng nanay)
　wài gōng

□ 外ㄨㄞˋ婆ㄆㄛˊ　lola (ina ng nanay)
　wài pó

□ 兄ㄒㄩㄥ弟ㄉㄧˋ　magkapatid na lalake
　xiōng dì

□ 姐ㄐㄧㄝˇ妹ㄇㄟˋ　magkapatid na babae
　jiě mèi

□ 弟ㄉㄧˋ弟˙ㄉㄧ　nakababatang kapatid na lalake
　dì di

□ 妹ㄇㄟˋ妹˙ㄇㄟ　nakababatang kapatid na babae
　mèi mei

Pag-gamit ng gramatika ♪10-4

1 Pag-gamit ng mga salitang 「Panghalip ＋ 多ㄉㄨㄛ 大ㄉㄚˋ 年ㄋㄧㄢˊ 紀ㄐㄧˋ（了ㄌㄜ˙）"anong edad (na)"？＝ Panghalip ＋ 幾ㄐㄧˇ 歲ㄙㄨㄟˋ（了ㄌㄜ˙）"ilang taong gulang (na)"？」

你ㄋㄧˇ 多ㄉㄨㄛ 大ㄉㄚˋ 年ㄋㄧㄢˊ 紀ㄐㄧˋ 了ㄌㄜ˙ ？ ＝ 你ㄋㄧˇ 幾ㄐㄧˇ 歲ㄙㄨㄟˋ 了ㄌㄜ˙ ？
nǐ duō dà nián jì le   nǐ jǐ suì le
Anong edad mo na?   Ilan taong gulang ka na?

媽ㄇㄚ 媽ㄇㄚ˙ 多ㄉㄨㄛ 大ㄉㄚˋ 年ㄋㄧㄢˊ 紀ㄐㄧˋ 了ㄌㄜ˙ ？ ＝ 媽ㄇㄚ 媽ㄇㄚ˙ 幾ㄐㄧˇ 歲ㄙㄨㄟˋ 了ㄌㄜ˙ ？
mā ma duō dà nián jì le   mā ma jǐ suì le
Anong edad na ng nanay mo?   Ilan taong gulang na ang nanay mo?

2 Pag-gamit ng salitang 「Pangngalan A ＋ 還ㄏㄞˊ 是ㄕˋ "o" ＋ Pangngalan B ？」

妳ㄋㄧˇ 是ㄕˋ 學ㄒㄩㄝˊ 生ㄕㄥ 還ㄏㄞˊ 是ㄕˋ 上ㄕㄤˋ 班ㄅㄢ 族ㄗㄨˊ ？
nǐ shì xué shēng hái shì shàng bān zú
Estuyante ka ba o nagtatrabaho na?

我ㄨㄛˇ 是ㄕˋ 學ㄒㄩㄝˊ 生ㄕㄥ 。
wǒ shì xué shēng
Estuyante ako.

你要喝茶還是咖啡？

nǐ yào hē chá hái shì kā fēi

Gusto mo bang uminom ng tsaa o kape?

我要喝咖啡。

wǒ yào hē kā fēi

Gusto kong uminom ng kape.

3 Pag-gamit ng salitang 「代(名)詞＋住在 "nakatira" ＋

Lugar」

我住在台北市。

wǒ zhù zài tái běi shì

Nakatira ako sa Taipei City.

老師住在陽明山。

lǎo shī zhù zài yáng míng shān

Ang guro ay nakatira sa Yangmingshan.

🔊 10-5

4 Pag-gamit ng pinagtibay na pangungusap 「Berbo ＋ 過ㄍㄨㄛˋ

"na" (pang nagdaan)」

我ㄨㄛˇ去ㄑㄩˋ過ㄍㄨㄛˋ越ㄩㄝˋ南ㄋㄢˊ。

wǒ qù guò yuè nán

Nakapunta na ako sa Vietnam.

我ㄨㄛˇ吃ㄔ過ㄍㄨㄛˋ水ㄕㄨㄟˇ餃ㄐㄧㄠˇ。

wǒ chī guò shuǐ jiǎo

Kumain na ako ng dumpling.

5 Pag-gamit ng negatibong pangungusap 「沒ㄇㄟˊ(有ㄧㄡˇ)

"hindi pa" ＋ Berbo ＋ 過ㄍㄨㄛˋ (pang nagdaan)」

我ㄨㄛˇ沒ㄇㄟˊ(有ㄧㄡˇ)去ㄑㄩˋ過ㄍㄨㄛˋ台ㄊㄞˊ灣ㄨㄢ。

wǒ méi   (yǒu)   qù guò tái wān

Hindi pa ako nakapunta ng Taiwan.

我ㄨㄛˇ沒ㄇㄟˊ(有ㄧㄡˇ)吃ㄔ過ㄍㄨㄛˋ水ㄕㄨㄟˇ餃ㄐㄧㄠˇ。

wǒ méi   (yǒu)   chī guò shuǐ jiǎo

Hindi pa ako nakakain ng dumpling.

6 Pag-gamit ng numero sa pagsasaad「Berbo＋過ㄍㄨㄛˋ "na"

(pang-nagdaan)＋<u>numero</u>＋**pangngalan**」

＝「**Berbo**＋過ㄍㄨㄛˋ "na"(pang-nagdaan)＋**pangngalan**＋

<u>numero</u>」

我ㄨㄛˇ去ㄑㄩˋ<u>過ㄍㄨㄛˋ</u> <u>一ㄧˊ次ㄘˋ</u> 日ㄖˋ本ㄅㄣˇ。

wǒ　qù　guò　yí　cì　　rì　běn

Nakapunta na ako ng 1 beses sa Japan.

＝ 我ㄨㄛˇ去ㄑㄩˋ<u>過ㄍㄨㄛˋ</u> 日ㄖˋ本ㄅㄣˇ <u>一ㄧˊ次ㄘˋ</u>。

wǒ　qù　guò　rì　běn　yí　cì

Nakapunta na ako sa Japan ng 1 beses.

我ㄨㄛˇ吃ㄔ<u>過ㄍㄨㄛˋ</u> 兩ㄌㄧㄤˇ次ㄘˋ 水ㄕㄨㄟˇ餃ㄐㄧㄠˇ。

wǒ　chī　guò　liǎng cì　　shuǐ jiǎo

Nakakain na ako ng 2 beses ng dumpling.

＝ 我ㄨㄛˇ吃ㄔ<u>過ㄍㄨㄛˋ</u> 水ㄕㄨㄟˇ餃ㄐㄧㄠˇ 兩ㄌㄧㄤˇ次ㄘˋ。

wǒ　chī　guò　shuǐ jiǎo　liǎng cì

Nakakain na ako ng dumpling ng 2 beses.

7 Pag-gamit ng salitang「pangungusap ＋ 了ㄌㄜ "na"」

我ㄨㄛˇ好ㄏㄠˇ了ㄌㄜ。
wǒ hǎo le
Tapos na ako.

電ㄉㄧㄢˋ燈ㄉㄥ亮ㄌㄧㄤˋ了ㄌㄜ。
diàn dēng liàng le
Sumindi na ang ilaw. (Lumiwanag na ang ilaw.)

一ㄧ點ㄉㄧㄢˇ半ㄅㄢˋ了ㄌㄜ。
yī diǎn bàn le
Ala-1 medya na.

8 Pag-gamit ng salitang「Pang-uri (adhetibo) ＋ 的ㄉㄜ "ito"」

重ㄓㄨㄥˋ要ㄧㄠˋ的ㄌㄜ
zhòng yào de
Mahalaga ito

大ㄉㄚˋ的ㄌㄜ
dà de
Malaki ito

漂ㄆㄧㄠˋ亮ㄌㄧㄤˋ的ㄌㄜ
piào liàng de
Maganda ito

第ㄉㄧˋ **11** 課ㄎㄜˋ

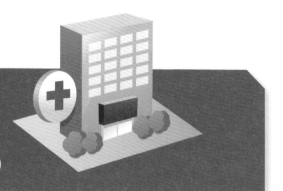

醫ㄧ 院ㄩㄢˋ
yī yuàn

Ospital (pagamutan)

Pakikipagusap

🎵 11-1

護ㄏㄨˋ士ㄕˋ小ㄒㄧㄠˇ姐ㄐㄧㄝˇ妳ㄋㄧˇ好ㄏㄠˇ， hù shì xiǎo jiě nǐ hǎo 醫ㄧ生ㄕㄥ在ㄗㄞˋ嗎ㄇㄚ？ yī shēng zài ma	Hello Miss Nars (nurse), nandiyan ba ang doktor?
醫ㄧ生ㄕㄥ就ㄐㄧㄡˋ要ㄧㄠˋ來ㄌㄞˊ了ㄌㄜˊ [1]。 yī shēng jiù yào lái le 你ㄋㄧˇ先ㄒㄧㄢ量ㄌㄧㄤˊ量ㄌㄧㄤˊ體ㄊㄧˇ溫ㄨㄣ。 nǐ xiān liáng liáng tǐ wēn	Ang doktor ay parating na. Kunan (sukatin) muna natin ang iyong temperatura.
好ㄏㄠˇ。 hǎo	Sige.
李ㄌㄧˇ先ㄒㄧㄢ生ㄕㄥ，你ㄋㄧˇ有ㄧㄡˇ發ㄈㄚ燒ㄕㄠ lǐ xiān shēng nǐ yǒu fā shāo 喔ㄜ [3]！哪ㄋㄚˇ裡ㄌㄧˇ不ㄅㄨˋ舒ㄕㄨ服ㄈㄨˊ？ ō nǎ lǐ bù shū fú	Mr. Lee, meron kang lagnat! Saan ka hindi komportable?

昨天突然肚子痛 zuó tiān tú rán dù zi tòng 起來了[4]。另外，好 qǐ lái le lìng wài hǎo 像[5]有一點[6]感冒。 xiàng yǒu yì diǎn gǎn mào	Biglang sumakit ang tiyan ko kahapon. At isa pa, parang meron akong konting trangkaso.
我看看。 wǒ kàn kàn	Tingnan ko nga.
是感冒嗎？ shì gǎn mào ma	Trangkaso ba kamo?
是腸胃型感冒， shì cháng wèi xíng gǎn mào 需要打[7]點滴。 xū yào dǎ diǎn dī	Gastrointestinal ang pinagmulan ng trangkasong iyan. Kailangan mong turukan ng suwero.
需要住院嗎？ xū yào zhù yuàn ma	Kailangan bang ma-ospital?
不用，打針吃藥 bú yòng dǎ zhēn chī yào 就可以了[9]。 jiù kě yǐ le	Hindi kailangan, turok lang at uminom ng gamot pwede na.

Bokabularyo

護士 hù shì （護理師） hù lǐ shī	Nars	醫生 yī shēng	doktor
就要 jiù yào	ay	先 xiān	una
量 liáng	sukatin	體溫 tǐ wēn	temperatura
李 lǐ （姓氏） (xìng shì)	Lee (apelyido)	發燒 fā shāo	lagnat
舒服 shū fú	komportable	昨天 zuó tiān	kahapon
突然 tú rán	biglaan	痛 tòng	masakit / sumakit
另外 lìng wài	At isa pa	好像 hǎo xiàng	para bang / parang
有一點 yǒu yì diǎn	kaunti	感冒 gǎn mào	trangkaso

腸胃型感冒 cháng wèi xíng gǎn mào	trangkasong gastrointestinal ang pinagmulan	需要 xū yào	kailangan
打 dǎ	turukan	點滴 diǎn dī	suwero
住院 zhù yuàn	Ma-ospital	打針 dǎ zhēn	Turukan ng karayum
吃藥 chī yào	uminom ng gamot	喔 ō	oh (ekspresyon)

✱ Karagdagang Bokabularyo 🎵 11-3

◻ 頭ㄊㄡˊ ulo
tóu

◻ 眼ㄧㄢˇ睛ㄐㄧㄥ mata
yǎn jīng

◻ 耳ㄦˇ朵ㄉㄨㄛ tainga / tenga
ěr duo

◻ 鼻ㄅㄧˊ子ㄗˇ ilong
bí zi

◻ 喉ㄏㄡˊ嚨ㄌㄨㄥˊ lalamunan
hóu lóng

◻ 牙ㄧㄚˊ齒ㄔˇ ngipin
yá chǐ

◻ 肚ㄉㄨˋ子ㄗˇ tiyan
dù zi

◻ 手ㄕㄡˇ kamay
shǒu

◻ 腳ㄐㄧㄠˇ paa
jiǎo

◻ 腿ㄊㄨㄟˇ hita o binti
tuǐ

◻ 酸ㄙㄨㄢ sugat
suān

◻ 痛ㄊㄨㄥˋ masakit / sumakit
tòng

◻ 麻ㄇㄚˊ ngimay / nangingimay
má

◻ 咳ㄎㄜˊ嗽ㄙㄡˋ ubo
ké sòu

◻ 嘔ㄡˇ吐ㄊㄨˋ nagsusuka
ǒu tù

◻ 沒ㄇㄟˊ胃ㄨㄟˋ口ㄎㄡˇ walang panlasa
méi wèi kǒu

□ 消化不良 hindi natunawan
xiāo huà bù liáng

□ 流血 dumugo / nagdugo
liú xiě

Pag-gamit ng gramatika   ◗ 11-4

1 Pag-gamit ng mga salitang「就要 "ay" + Berbo + 了 "na"」

他就要回來了。
tā jiù yào huí lái   le
Siya ay darating na.

我就要結婚了。
wǒ jiù yào jié hūn le
Siya ay ikakasal na.

明天我就要出國了。
míng tiān wǒ jiù   yào chū guó   le
Ako ay papunta na bukas ng ibang bansa.

155

2 Pag-kakaiba ng salitang 「～來ㄌㄞˊ…"paparito"」 at 「～去ㄑㄩˋ …"pupunta doon"」

我ㄨㄛˇ來ㄌㄞˊ公ㄍㄨㄥ園ㄩㄢˊ。
wǒ lái gōng yuán
Paparito ako (coming) sa parke.

我ㄨㄛˇ去ㄑㄩˋ公ㄍㄨㄥ園ㄩㄢˊ。
wǒ qù gōng yuán
Pupunta ako (going) sa parke.

他ㄊㄚ來ㄌㄞˊ台ㄊㄞˊ北ㄅㄟˇ。
tā lái tái běi
Paparito siya (coming) sa Taipei.

他ㄊㄚ去ㄑㄩˋ台ㄊㄞˊ北ㄅㄟˇ。
tā qù tái běi
Pupunta siya (going) sa Taipei.

3 Pag-gamit ng salitang ekspresyon sa pagtatapos ng pangungusap 「～喔ㄛ！」

謝ㄒㄧㄝˋ謝ㄒㄧㄝ你ㄋㄧˇ喔ㄛ！
xiè xie nǐ ō
Salamat sa yo!

= 謝ㄒㄧㄝˋ謝ㄒㄧㄝ你ㄋㄧˇ。
xiè xie nǐ
Salamat sa yo!

不ㄅㄨˊ要ㄧㄠˋ忘ㄨㄤˋ記ㄐㄧˋ喔ㄛ！
bú yào wàng jì ō
Huwag kakalimutan!

= 不ㄅㄨˊ要ㄧㄠˋ忘ㄨㄤˋ記ㄐㄧˋ。
bú yào wàng jì
Huwag kakalimutan!

下ㄒㄧㄚˋ次ㄘˋ再ㄗㄞˋ來ㄌㄞˊ喔ㄛ！
xià cì zài lái ō
Balik ka sa susunod!

= 下ㄒㄧㄚˋ次ㄘˋ再ㄗㄞˋ來ㄌㄞˊ。
xià cì zài lái
Balik ka sa susunod!

4 Pag-gamit ng salitang nagsasaad ng isang aksyon
na nagsisimula pa lamang o di kaya'y pangkasalukuyang
nagaganap「Berbo ＋起來了 "na"」

牙齒痛起來了。
yá　chǐ tòng qǐ　lái　le
Sumasakit na ang ngipin.

火車動起來了。
huǒ chē dòng qǐ　lái　le
Gumagalaw na ang tren.

5 Pag-gamit ng salitang「～好像…"parang"」

行李好像超重了。
xíng　lǐ　hǎo xiàng chāo zhòng le
Parang sobra na sa bigat ang bagahe.

我好像迷路了。
wǒ hǎo xiàng mí　lù　le
Parang naliligaw na ako.

🎧 11-5

6 Pag-gamit ng salitang 「有ㄧㄡˇ一ㄧˋ點ㄉㄧㄢˇ～ "may kaunting ～" o "medyo ～"」

有ㄧㄡˇ一ㄧˋ點ㄉㄧㄢˇ發ㄈㄚ燒ㄕㄠ

yǒu yì diǎn fā shāo

May kaunting lagnat / Medyo nilalagnat

有ㄧㄡˇ一ㄧˋ點ㄉㄧㄢˇ想ㄒㄧㄤˇ吐ㄊㄨˋ

yǒu yì diǎn xiǎng tù

Medyo nasusuka

有ㄧㄡˇ一ㄧˋ點ㄉㄧㄢˇ頭ㄊㄡˊ痛ㄊㄨㄥˋ

yǒu yì diǎn tóu tòng

Medyo sumasakit ang ulo

有ㄧㄡˇ一ㄧˋ點ㄉㄧㄢˇ冷ㄌㄥˇ

yǒu yì diǎn lěng

Medyo malamig ang panahon

7 Pag-gamit ng salitang panigurado「需ㄒㄩ要ㄧㄠ "kailangan" + Berbo + Pangngalan」

需ㄒㄩ要ㄧㄠ打ㄉㄚ針ㄓㄣ。

　xū　yào　dǎ　zhēn

Kailangan maturukan.

需ㄒㄩ要ㄧㄠ住ㄓㄨ院ㄩㄢ。

　xū　yào zhù yuàn

Kailangan ma-ospital.

需ㄒㄩ要ㄧㄠ開ㄎㄞ刀ㄉㄠ。

　xū　yào　kāi　dāo

Kailangan operahan.

8 Pag-gamit ng salitang negatibo「不需要 "hindi kailangan" + **Berbo** + **Pangngalan**」

不需要打針。

bù xū yào dǎ zhēn

Hindi kailangan turukan ng karayom.

不需要住院。

bù xū yào zhù yuàn

Hindi kailangan ma-ospital.

不需要開刀。

bù xū yào kāi dāo

Hindi kailangan ma-operahan.

9 Pag-gamit ng salitang「～就可以了 "pwede na"」

這樣就可以了。

zhè yàng jiù kě yǐ le

Pwede na ang ganyan.

搭公車就可以了。

dā gōng chē jiù kě yǐ le

Pwede na ang sumakay sa bus.

第_{ㄉㄧ} **12** 課_{ㄎㄜ}

到_{ㄉㄠ}郊_{ㄐㄧㄠ}外_{ㄨㄞ}踏_{ㄊㄚ}青_{ㄑㄧㄥ}
dào jiāo wài tà qīng
Lumabas at maglibang

Pakikipagusap

 12-1

這_{ㄓㄜ}裡_{ㄌㄧ}的_{ㄉㄜ}風_{ㄈㄥ}景_{ㄐㄧㄥ}真_{ㄓㄣ}漂_{ㄆㄧㄠ}亮_{ㄌㄧㄤ}[1]。 zhè lǐ de fēng jǐng zhēn piào liàng	Ang ganda ng tanawin dito.
我_{ㄨㄛ}們_{ㄇㄣ}先_{ㄒㄧㄢ}爬_{ㄆㄚ}山_{ㄕㄢ}，再_{ㄗㄞ}划_{ㄏㄨㄚ}船_{ㄔㄨㄢ}[2] wǒ men xiān pá shān zài huá chuán 吧_{ㄅㄚ}！ ba	Umakyat muna tayo ng bundok, bago tayo mag-bangka!
這_{ㄓㄜ}裡_{ㄌㄧ}又_{ㄧㄡ}有_{ㄧㄡ}山_{ㄕㄢ}又_{ㄧㄡ}有_{ㄧㄡ}水_{ㄕㄨㄟ}[3]。 zhè lǐ yòu yǒu shān yòu yǒu shuǐ	Dito ay may bundok na at may tubig pa.

我們先拍幾張相， wǒ men xiān pāi jǐ zhāng xiàng 怎麼樣？ zěn me yàng	Magpakuha muna tayo ng ilang litrato, ano sa palagay mo?
好啊！你們站在那裡， hǎo a nǐ men zhàn zài nà lǐ 我來拍⁴。 wǒ lái pāi	Sige! Tumayo kayo diyan, ako ang kukuha ng litrato.
旁邊有一隻天鵝。 páng biān yǒu yī zhī tiān é	May isang gansa sa tabi.
你再不拍，牠就要游 nǐ zài bù pāi tā jiù yào yóu 過去了⁵。 guò qù le	Kapag hindi ka pa kumuha ng litrato, lalangoy na siyang (gansa) papalayo.
好。大家笑一笑。 hǎo dà jiā xiào yí xiào 一二三。拍好了。 yī èr sān pāi hǎo le	Sige na. Ngiti kayong lahat. 123. Tapos ko nang kunan.

Bokabularyo

🎧 12-2

郊外 jiāo wài	labas ng bayan	踏青 tà qīng	maglibang
風景 fēng jǐng	tanawin	漂亮 piào liàng	maganda
先 xiān	una / muna	爬山 pá shān	umakyat ng bundok (hiking)
再 zài	Saka / muli	划船 huá chuán	mag-bangka
山 shān	bundok	水 shuǐ	tubig
站 zhàn	tumayo	旁邊 páng biān	tabi
隻 zhī （量詞）(liàng cí)	gamit sa bilang ng ibon o manok (kwantista)	天鵝 tiān é	gansa
牠 tā	siya (gamit sa hayop)	游 yóu	langoy
過去 guò qù	papalayo	笑 xiào	ngiti / tawa

✳ Karagdagang Bokabularyo 🎵 12-3

- 太ㄊㄞˋ陽ㄧㄤˊ araw
  tài yáng

- 天ㄊㄧㄢ空ㄎㄨㄥ kalangitan
  tiān kōng

- 空ㄎㄨㄥ氣ㄑㄧˋ hangin / ere
  kōng qì

- 風ㄈㄥ hangin (gumagalaw)
  fēng

- 雨ㄩˇ ulan
  yǔ

- 花ㄏㄨㄚ bulaklak
  huā

- 草ㄘㄠˇ damo
  cǎo

- 樹ㄕㄨˋ Puno
  shù

Pag-gamit ng gramatika　　　　🎵 12-4

1 Pag-gamit ng salitang 「真ㄓㄣ "napaka" "talagang" o "tunay na" ＋ Pang-uri」

真ㄓㄣ美ㄇㄟˇ。　　　＝　真ㄓㄣ美ㄇㄟˇ麗ㄌㄧˋ。

zhēn měi　　　　　　　　zhēn měi　lì

Talagang maganda.　　　　Tunay na maganda.

真ㄓㄣ厲ㄌㄧˋ害ㄏㄞˋ。

zhēn lì　　hài

Talagang magaling.

真ㄓㄣ棒ㄅㄤˋ。

zhēn bàng

Tunay na dakila.

真ㄓㄣ醜ㄔㄡˇ。

zhēn chǒu

Napaka-pangit.

165

2 Pag-gamit ng mga salitang「先ㄒㄧㄢ "una" o "muna" ＋ Berbo A ＋ (Pangngalan A) ＋再ㄗㄞ "saka" ＋ Berbo B ＋ (Pangngalan B)」

先ㄒㄧㄢ吃ㄔ，再ㄗㄞ喝ㄏㄜ。

xiān chī　　zài　hē

Kain muna, saka uminum.

先ㄒㄧㄢ吃ㄔ飯ㄈㄢ，再ㄗㄞ喝ㄏㄜ飲ㄧㄣ料ㄌㄧㄠ。

xiān chī fàn　　zài　hē　yǐn liào

Kain muna ng kanin, saka uminum ng inumin.

先ㄒㄧㄢ刷ㄕㄨㄚ，再ㄗㄞ吃ㄔ。

xiān shuā　zài　chī

Magsipilyo muna, saka kumain.

先ㄒㄧㄢ刷ㄕㄨㄚ牙ㄧㄚ，再ㄗㄞ吃ㄔ早ㄗㄠ餐ㄘㄢ。

xiān shuā yá　　zài　chī　zǎo cān

Magsipilyo muna ng ngipin, saka kumain ng agahan.

先ㄒㄧㄢ洗ㄒㄧ，再ㄗㄞ睡ㄕㄨㄟ。

xiān xǐ　　zài　shuì

Maghugas muna, saka matulog.

先ㄒㄧㄢ洗ㄒㄧ澡ㄗㄠ，再ㄗㄞ睡ㄕㄨㄟ覺ㄐㄧㄠ。

xiān xǐ　zǎo　　zài　shuì jiào

Maligo muna, saka matulog.

🎵 12-5

3 Pag-gamit ng salitang 「又ㄧㄡˋ "na" + Pang-uri A + 又ㄧㄡˋ "pa"

+ Pang-uri B」

這ㄓㄜˋ西ㄒㄧ瓜ㄍㄨㄚ又ㄧㄡˋ大ㄉㄚˋ又ㄧㄡˋ甜ㄊㄧㄢˊ。

zhè xī guā yòu dà yòu tián

Ang pakwan na ito ay malaki na matamis pa.

他ㄊㄚ又ㄧㄡˋ高ㄍㄠ又ㄧㄡˋ瘦ㄕㄡˋ。

tā yòu gāo yòu shòu

Siya ay mataas na payat pa.

4 Pag-gamit ng salitang tumutulong sa isang aksyon 「～

來ㄌㄞˊ + Berbo」

我ㄨㄛˇ來ㄌㄞˊ開ㄎㄞ。

wǒ lái kāi

Buksan ko.

我ㄨㄛˇ來ㄌㄞˊ寫ㄒㄧㄝˇ，你ㄋㄧˇ來ㄌㄞˊ看ㄎㄢˋ。

wǒ lái xiě   nǐ lái kàn

Isulat ko, tingnan mo.

5 Pag-gamit ng salitang may kahihinatnan na aksyon 「…

再ㄗㄞ 不ㄅㄨ "kapag hindi" ＋ **Berbo A** … 就ㄐㄧㄡ（要ㄧㄠ）"ay…" ＋

Berbo B ＋ 了ㄌㄜ」

你ㄋㄧ 再ㄗㄞ 不ㄅㄨ 吃ㄔ ，食ㄕ 物ㄨ 就ㄐㄧㄡ 要ㄧㄠ 壞ㄏㄨㄞ 了ㄌㄜ 。

nǐ　zài　bù　chī　　shí　wù　jiù　yào　huài　le

Kapag hindi ka pa kumain, ay masisira na ang pagkain.

你ㄋㄧ 再ㄗㄞ 不ㄅㄨ 來ㄌㄞ ，我ㄨㄛ 們ㄇㄣ 就ㄐㄧㄡ 要ㄧㄠ 走ㄗㄡ 了ㄌㄜ 。

nǐ　zài　bù　lái　　wǒ　men　jiù　yào　zǒu　le

Kapag hindi ka pa dumating, ay aalis na ako.

你ㄋㄧ 再ㄗㄞ 不ㄅㄨ 買ㄇㄞ ，東ㄉㄨㄥ 西ㄒㄧ 就ㄐㄧㄡ 賣ㄇㄞ 完ㄨㄢ 了ㄌㄜ 。

nǐ　zài　bù　mǎi　dōng　xi　jiù　mài　wán　le

Kapag hindi ka pa bumuli, ay mauubos na ang tinda.

第 ^{ㄉ一ˋ} **13** 課 ^{ㄎㄜˋ}

餐 ^{ㄘㄢ} 廳 ^{ㄊㄧㄥ}
cān tīng
Restawran

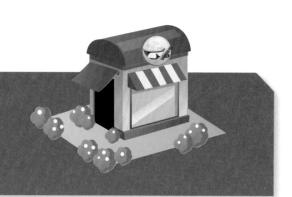

 13-1

那 ^{ㄋㄚˋ} 裡 ^{ㄌㄧˇ} 有 ^{ㄧㄡˇ} 空 ^{ㄎㄨㄥ} 位 ^{ㄨㄟˋ} ，我 ^{ㄨㄛˇ} 們 ^{ㄇㄣ} nà lǐ yǒu kòng wèi wǒ men 坐 ^{ㄗㄨㄛˋ} 那 ^{ㄋㄚˇ} 裡 ^{ㄌㄧ} 吧 ^{ㄅㄚ} ！ zuò nà lǐ ba	Meron bakanteng upuan doon, dun tayo umupo!
你 ^{ㄋㄧˇ} 要 ^{ㄧㄠˋ} 吃 ^ㄔ 什 ^{ㄕㄣˊ} 麼 ^{ㄇㄜ} [1] ？ nǐ yào chī shén me	Anong gusto mong kainin?
隨 ^{ㄙㄨㄟˊ} 便 ^{ㄅㄧㄢ} ，你 ^{ㄋㄧˇ} 點 ^{ㄉㄧㄢˇ} 菜 ^{ㄘㄞˋ} 吧 ^{ㄅㄚ} ！ suí biàn nǐ diǎn cài ba	Kahit na ano, ikaw ang umorder!
那 ^{ㄋㄚˋ} 我 ^{ㄨㄛˇ} 看 ^{ㄎㄢˋ} 看 ^{ㄎㄢˋ} 菜 ^{ㄘㄞˋ} 單 ^{ㄉㄢ} 。 nà wǒ kàn kàn cài dān	Sige tingnan ko ang menu (putahe).
有 ^{ㄧㄡˇ} 炒 ^{ㄔㄠˇ} 飯 ^{ㄈㄢˋ} 、炒 ^{ㄔㄠˇ} 麵 ^{ㄇㄧㄢˋ} ，還 ^{ㄏㄞˊ} 有 ^{ㄧㄡˇ} yǒu chǎo fàn chǎo miàn hái yǒu 炒 ^{ㄔㄠˇ} 青 ^{ㄑㄧㄥ} 菜 ^{ㄘㄞˋ} 。 chǎo qīng cài	Meron sinangag, gisadong pansit at meron pang ginisang gulay.

這裡有沒有蒸餃[2]？ zhè lǐ yǒu méi yǒu zhēng jiǎo	Meron bang (o wala) dumpling dito.
有，可是[3]蒸餃來得 yǒu kě shì zhēng jiǎo lái de 特別慢。 tè bié màn	Meron, kaya lang masyadong mabagal ang dating kapag dumpling.
我已經餓過頭了[4]。 wǒ yǐ jīng è guò tóu le	Sobrang gutom na ako.
還是點炒麵。 hái shì diǎn chǎo miàn	Gisadong pansit na lang.
好。 hǎo	Sige.
我們再點一碗[5] wǒ men zài diǎn yì wǎn 酸辣湯，好不好？ suān là tāng hǎo bù hǎo	Order pa tayo ng 1 mangkok na maanghang at may asim na sopas, ayos lang ba?
好。真好吃！下一次 hǎo zhēn hǎo chī xià yí cì 還要[6]再來吃。 hái yào zài lái chī	Sige. Napakasarap! Kain uli tayo dito sa susunod.

Bokabularyo

空ㄎㄨㄥ 位ㄨㄟˋ kòng wèi	bakanteng upuan / lugar	吃ㄔ chī	kain
隨ㄙㄨㄟˊ 便ㄅㄧㄢˋ suí biàn	kahit ano/ maski ano	點ㄉㄧㄢˇ 菜ㄘㄞˋ diǎn cài	umorder
菜ㄘㄞˋ 單ㄉㄢ cài dān	menu / putahe	炒ㄔㄠˇ chǎo	ginisa / gisado
炒ㄔㄠˇ 飯ㄈㄢˋ chǎo fàn	sinangag	炒ㄔㄠˇ 麵ㄇㄧㄢˋ chǎo miàn	pansit gisado
青ㄑㄧㄥ 菜ㄘㄞˋ qīng cài	gulay	蒸ㄓㄥ 餃ㄐㄧㄠˇ zhēng jiǎo	dumpling
可ㄎㄜˇ 是ㄕˋ kě shì	kaya lang	特ㄊㄜˋ 別ㄅㄧㄝˊ tè bié	sobrang / masyado
慢ㄇㄢˋ màn	mabagal	已ㄧˇ 經ㄐㄧㄥ yǐ jīng	na (lumipas na / tapos na)
餓ㄜˋ è	gutom	還ㄏㄞˊ 是ㄕˋ hái shì	o kaya / di kaya
碗ㄨㄢˇ wǎn	mangkok	酸ㄙㄨㄢ 辣ㄌㄚˋ 湯ㄊㄤ suān là tāng	maanghang at may asim na sopas
下ㄒㄧㄚˋ 一ㄧˊ 次ㄘˋ xià yí cì	sa susunod	再ㄗㄞˋ 來ㄌㄞˊ zài lái	uli / muli

✳ Karagdagang Bokabularyo 🎵 13-3

- 筷子 Chopsticks / sipit
  kuài zi

- 湯匙 kutsara
  tāng shí

- 叉子 tinidor
  chā zi

- 刀子 kutsilyo
  dāo zi

- 碟子 plato
  dié zi

- 醬油 toyo
  jiàng yóu

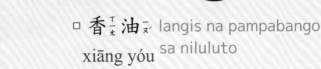

- 辣椒 sili
  là jiāo

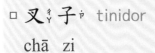

- 香油 langis na pampabango sa niluluto
  xiāng yóu

- 紙巾 lamuymoy (tissue paper)
  zhǐ jīn

- 牙籤 Palito (toothpick)
  yá qiān

- 酸 maasim
  suān

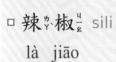

- 甜 matamis
  tián

- 鹹 maalat
  xián

- 辣 maanghang
  là

- 牛肉 karneng baka
  niú ròu

- 豬肉 karneng baboy
  zhū ròu

- 雞肉 karne ng manok
  jī ròu

- 鴨肉 karne ng pato
  yā ròu

- 鵝肉 karne ng gansa
  é ròu

- 魚 isda
  yú

Pag-gamit ng gramatika

🎧 13-4

1 Pag-gamit ng salitang pananong 「吃ㄔ / 喝ㄏㄜ / 點ㄉㄧㄢ "kain / inom / oorderin" ＋什ㄕㄣ麼ㄇㄜ "tanong"？」at sagot 「吃ㄔ / 喝ㄏㄜ / 點ㄉㄧㄢ "kain / inom / oorderin" ＋食ㄕ物ㄨ "pagkain"」

吃ㄔ什ㄕㄣ麼ㄇㄜ？
chī shén me
Anong kakainin?

吃ㄔ漢ㄏㄢ堡ㄅㄠ。
chī hàn bǎo
Hamburger ang kakainin.

喝ㄏㄜ什ㄕㄣ麼ㄇㄜ？
hē shén me
Anong iinumin?

喝ㄏㄜ咖ㄎㄚ啡ㄈㄟ。
hē kā fēi
Kape ang iinumin.

點ㄉㄧㄢ什ㄕㄣ麼ㄇㄜ？
diǎn shén me
Anong oorderin?

點ㄉㄧㄢ牛ㄋㄧㄡ肉ㄖㄡ麵ㄇㄧㄢ。
diǎn niú ròu miàn
Beef mami and oorderin.

2 Pag-gamit ng mga salitang nagtatanong 「有ㄧㄡ沒ㄇㄟ有ㄧㄡ "meron o wala" + **Pangngalan** ？＝有ㄧㄡ "meron" + **Pangngalan** ＋嗎ㄇㄚ "ba" ？」

你ㄋㄧ有ㄧㄡ沒ㄇㄟ有ㄧㄡ錢ㄑㄧㄢ ？　＝　你ㄋㄧ有ㄧㄡ錢ㄑㄧㄢ嗎ㄇㄚ ？
nǐ　yǒu méi　yǒu qián　　　　　nǐ　yǒu qián ma
Meron kang pera o wala?　　　　Meron ka bang pera?

你ㄋㄧ有ㄧㄡ沒ㄇㄟ有ㄧㄡ小ㄒㄧㄠ孩ㄏㄞ ？　＝　你ㄋㄧ有ㄧㄡ小ㄒㄧㄠ孩ㄏㄞ嗎ㄇㄚ ？
nǐ　yǒu méi　yǒu xiǎo hái　　　　nǐ　yǒu xiǎo hái　ma
Meron kang anak o wala?　　　　Meron ka bang anak?

這ㄓㄜ裡ㄌㄧ有ㄧㄡ沒ㄇㄟ有ㄧㄡ餐ㄘㄢ廳ㄊㄧㄥ ？＝這ㄓㄜ裡ㄌㄧ有ㄧㄡ餐ㄘㄢ廳ㄊㄧㄥ嗎ㄇㄚ ？
zhè　lǐ　yǒu méi yǒu cān tīng　　zhè　lǐ　yǒu cān tīng ma
Meron restawran dito o wala?　　Meron bang restawran dito?

3 Pag-gamit ng salitang 「～，可ㄎㄜ是ㄕ "ngunit"…」

今ㄐㄧㄣ天ㄊㄧㄢ很ㄏㄣ晚ㄨㄢ起ㄑㄧ床ㄔㄨㄤ，可ㄎㄜ是ㄕ沒ㄇㄟ有ㄧㄡ遲ㄔ到ㄉㄠ。
jīn　tiān hěn wǎn　qǐ chuáng　kě　shì　méi yǒu　chí　dào
Huli na akong nagising ngayong araw, ngunit hindi ako naantala.

冬ㄉㄨㄥ天ㄊㄧㄢ天ㄊㄧㄢ氣ㄑㄧ很ㄏㄣ冷ㄌㄥ，可ㄎㄜ是ㄕ還ㄏㄞ是ㄕ要ㄧㄠ上ㄕㄤ學ㄒㄩㄝ。
dōng tiān tiān qì　hěn lěng　　kě　shì　hái shì　yào shàng xué
Malamig ang panahon sa taglamig, ngunit kailangan pa rin
pumasok sa eskwela.

🎧 13-5

4 Pag-gamit ng salitang 「Berbo ＋過ㄍㄨㄛˋ頭ㄊㄡˊ了ㄌㄜ "sumobra na"」

忙ㄇㄤˊ過ㄍㄨㄛˋ頭ㄊㄡˊ了ㄌㄜ。

máng guò tóu le

Sumobra na sa pagka-abala.

玩ㄨㄢˊ過ㄍㄨㄛˋ頭ㄊㄡˊ了ㄌㄜ。

wán guò tóu　le

Sumobra na sa paglalaro.

5 Pag-gamit ng salitang 「再ㄗㄞˋ "isa pa" ＋ Berbo ＋ Numero

＋ kwantista」

再ㄗㄞˋ來ㄌㄞˊ一一碗ㄨㄢˇ。

zài　lái　yì wǎn

Isa pang mangkok.

再ㄗㄞˋ吃ㄔ一一口ㄎㄡˇ。

zài chī　yì　kǒu

Kain pa ng isa.

再ㄗㄞˋ來ㄌㄞˊ一一次ㄘˋ。

zài　lái　yí　cì

Isang beses pa.

6 Pag-gamit ng salitang 「～還要 "kailangan pa"…」

可能還要一個禮拜。

kě néng hái yào yí ge lǐ bài

Siguro kailangan pa ng isang linggo.

週末還要工作。

zhōu mò hái yào gōng zuò

Kailangan pang magtrabaho sa katapusan ng linggo (weekend).

你還要買什麼？

nǐ hái yào mǎi shén me

May kailangan ka pang bilhin?

第_{ㄉㄧ}一 **14** 課_{ㄎㄜ}

百_{ㄅㄞ}貨_{ㄏㄨㄛ}公_{ㄍㄨㄥ}司_ㄙ
bǎi huò gōng sī
Department store

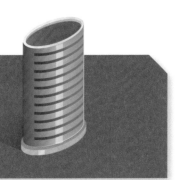

Pakikipagusap

 14-1

因_{ㄧㄣ}為_{ㄨㄟ}週_{ㄓㄡ}年_{ㄋㄧㄢ}慶_{ㄑㄧㄥ}到_{ㄉㄠ}了_{ㄌㄜ}， yīn wèi zhōu nián qìng dào le 所_{ㄙㄨㄛ}以_ㄧ我_{ㄨㄛ}們_{ㄇㄣ}去_{ㄑㄩ}百_{ㄅㄞ}貨_{ㄏㄨㄛ}公_{ㄍㄨㄥ} suǒ yǐ wǒ men qù bǎi huò gōng 司_ㄙ逛_{ㄍㄨㄤ}逛_{ㄍㄨㄤ}吧_{ㄅㄚ}[1]！ sī guàng guàng ba	Dahil anibersaryo na, kaya mamasyal na tayo sa department store!
這_{ㄓㄜ}裡_{ㄌㄧ}好_{ㄏㄠ}熱_{ㄖㄜ}鬧_{ㄋㄠ}[2] 啊_ㄚ！ zhè lǐ hǎo rè nào a 一_ㄧ共_{ㄍㄨㄥ}有_{ㄧㄡ}幾_{ㄐㄧ}層_{ㄘㄥ}樓_{ㄌㄡ}？ yí gòng yǒu jǐ céng lóu	Masaya dito ah! Ilang palapag lahat?
一_ㄧ共_{ㄍㄨㄥ}有_{ㄧㄡ}十_ㄕ層_{ㄘㄥ}樓_{ㄌㄡ}[3]。 yí gòng yǒu shí céng lóu	May kabuuhang 10 palapag lahat.

177

地下一樓除了有超市，還有美食街[4]。 dì xià yī lóu chú le yǒu chāo shì, hái yǒu měi shí jiē	Bukod sa supermarket sa unang palapag ng basement, meron pang kainan.
先買東西，等一下再來吃。 xiān mǎi dōng xi, děng yí xià zài lái chī	Mamili muna tayo ng bagay, mamaya na tayo kumain.
好。我想買一些衣服送給我朋友。 hǎo. wǒ xiǎng mǎi yì xiē yī fú sòng gěi wǒ péng yǒu	Sige. Naisip kong bumili ng ilang damit para iregalo sa aking kaibigan.
我要幫朋友買化妝品[5]。 wǒ yào bāng péng yǒu mǎi huà zhuāng pǐn	Gusto kong bilhan ang aking kaibigan ng gamit sa pagpapaganda.
我們先搭電梯[7]到樓上，再往下逛。 wǒ men xiān dā diàn tī dào lóu shàng, zài wǎng xià guàng	Sumakay muna tayo ng makinang pangtaas (elevator) paakyat, saka tayo bumaba at mamili.
走吧！ zǒu ba	Tara na!

Bokabularyo

14-2

因為 yīn wèi	dahil	週年慶 zhōu nián qìng	anibersaryo
到了 dào le	narito na / dumating na	所以 suǒ yǐ	kaya
逛逛 guàng guàng	mamasyal	熱鬧 rè nào	masaya
一共 yí gòng	lahat-lahat / kabuuhan	層 céng	palapag
地下 dì xià	basement / silong	除了 chú le	bukod sa
超市 chāo shì	pamilihan / supermarket	還有 hái yǒu	meron pa
美食街 měi shí jiē	kainan	東西 dōng xi	bagay / gamit

等一一下 děng yí xià	sandali	想 xiǎng	isip / naisip
一些 yì xiē	mga ilan	衣服 yī fú	damit
送 sòng	bigyan / regaluhan	朋友 péng yǒu	kaibigan
幫 bāng	tulung / tulungan	化妝品 huà zhuāng pǐn	gamit pampaganda
搭 dā	sakay / sumakay	電梯 diàn tī	elevator / makinang pangtaas
樓上 lóu shàng	itaas ng gusali	往 wǎng	papunta sa

✳ Karagdagang Bokabularyo 🎧 14-3

☐ 褲ㄎㄨ 子ㄗ pantalon
kù zi

☐ 裙ㄑㄩㄣ 子ㄗ palda
qún zi

☐ 鞋ㄒㄧㄝ 子ㄗ sapatos
xié zi

☐ 口ㄎㄡ 紅ㄏㄨㄥ kolorete
kǒu hóng

☐ 洗ㄒㄧ 面ㄇㄧㄢ 乳ㄖㄨ panghugas ng
xǐ miàn rǔ mukha

☐ 洗ㄒㄧ 髮ㄈㄚ 精ㄐㄧㄥ siyampu / panggugo
xǐ fà jīng

☐ 指ㄓ 甲ㄐㄧㄚ 油ㄧㄡ kyutiks / polish
zhǐ jiǎ yóu ng kuko

☐ 染ㄖㄢ 髮ㄈㄚ 劑ㄐㄧ pangkulay ng buhok
rǎn fà jì

☐ 電ㄉㄧㄢ 器ㄑㄧ 用ㄩㄥ 品ㄆㄧㄣ mga gamit
diàn qì yòng pǐn sa elektrikal

☐ 運ㄩㄣ 動ㄉㄨㄥ 用ㄩㄥ 品ㄆㄧㄣ mga gamit sa
yùn dòng yòng pǐn palakasan

☐ 女ㄋㄩ 裝ㄓㄨㄤ damit pambabae
nǚ zhuāng

☐ 男ㄋㄢ 裝ㄓㄨㄤ damit panlalake
nán zhuāng

☐ 孕ㄩㄣ 婦ㄈㄨ babaeng buntis
yùn fù

☐ 童ㄊㄨㄥ 裝ㄓㄨㄤ damit pambata
tóng zhuāng

☐ 嬰ㄧㄥ 兒ㄦ 用ㄩㄥ 品ㄆㄧㄣ mga gamit ng sanggol
yīng ér yòng pǐn

☐ 服ㄈㄨ 務ㄨ 台ㄊㄞ tanggapan (desk)
fú wù tái

1　Pag-gamit ng mga salitang「因為 "dahil" ～，所以 "kaya"…」

因為下雨，所以坐計程車。
yīn wèi xià yǔ　　suǒ yǐ zuò jì chéng chē
Dahil umuulan, kaya sumakay ng taksi.

因為肚子餓，所以先吃飯。
yīn wèi dù zi è　　suǒ yǐ xiān chī fàn
Dahil nagugutom, kaya kakain ng kanin.

因為人很多，所以不去了。
yīn wèi rén hěn duō　　suǒ yǐ bú qù le
Dahil maraming tao, kaya ayaw na pupunta.

2 Pag-gamit ng salitang「好ㄏㄠˇ "ang 〜" o "nakaka 〜" + Pang-uri」

好ㄏㄠˇ漂ㄆㄧㄠˋ亮ㄌㄧㄤˋ
hǎo piào liàn
Ang ganda

好ㄏㄠˇ厲ㄌㄧˋ害ㄏㄞˋ
hǎo lì hài
Ang galing

好ㄏㄠˇ聰ㄘㄨㄥ明ㄇㄧㄥˊ
hǎo cōng míng
Ang talino

好ㄏㄠˇ討ㄊㄠˇ厭ㄧㄢˋ
hǎo tǎo yàn
Nakaka inis

🎵 14-5

3 Pag-gamit ng salitang 「一共（有） "lahat-lahat",

"kabuuan" ＋ numero ＋ kwantista ＋ (Pangngalan)」

一共兩百元。

yí gòng liǎng bǎi yuán

Dalawang daan yuan ang kabuuan.

一共有三輛車。

yí gòng yǒu sān liàng chē

Meron tatlong sasakyan lahat-lahat.

4 Pag-gamit ng mga salitang 「除了有 "bukod sa" ＋

Pangngalan A，還有 "meron pa" ＋ Pangngalan B」

冰箱裡除了有水果，還有飲料。

bīng xiāng lǐ chú le yǒu shuǐ guǒ hái yǒu yǐn liào

Bukod sa prutas sa pridyeder (ref), meron pang inumin.

教室裡除了有學生，還有老師。

jiào shì lǐ chú le yǒu xué shēng hái yǒu lǎo shī

Bukod sa estudyante sa silid aralan, meron pang titser.

5 Pag-gamit ng salitang「幫ㄅㄤ "tulungan" + tao + Berbo + (Pangngalan)」

幫ㄅㄤ 媽ㄇㄚ 媽ㄇㄚ 做ㄗㄨㄛ 。

bāng mā ma zuò

Tulungan si nanay gumawa.

幫ㄅㄤ 媽ㄇㄚ 媽ㄇㄚ 做ㄗㄨㄛ 家ㄐㄧㄚ 事ㄕ 。

bāng mā ma zuò jiā shì

Tulungan si nanay gumawa ng gawaing bahay.

幫ㄅㄤ 爸ㄅㄚ 爸ㄅㄚ 開ㄎㄞ 。

bāng bà ba kāi

Tulungan si tatay magbukas.

幫ㄅㄤ 爸ㄅㄚ 爸ㄅㄚ 開ㄎㄞ 車ㄔㄜ 。

bāng bà ba kāi chē

Tulungan si tatay magbukas ng sasakyan.

幫ㄅㄤ 弟ㄉㄧ 弟ㄉㄧ 穿ㄔㄨㄢ 。

bāng dì di chuān

Tulungan ang nakababatang kapatid na lalaki na magbihis (magsuot).

幫ㄅㄤ 弟ㄉㄧ 弟ㄉㄧ 穿ㄔㄨㄢ 鞋ㄒㄧㄝ 。

bāng dì di chuān xié

Tulungan ang nakababatang kapatid na lalaki na magsuot ng sapatos.

6 Pag-gamit ng salitang 「請幫我 "paki tulungan ako" + Berbo + (Pangngalan)」

請幫我開。

qǐng bāng wǒ kāi

Paki tulungan akong magbukas.

請幫我開門。

qǐng bāng wǒ kāi mén

Paki tulungan akong magbukas ng pintuan.

請幫我剪。

qǐng bāng wǒ jiǎn

Paki tulungan akong mag-gupit.

請幫我剪頭髮。

qǐng bāng wǒ jiǎn tóu fǎ

Paki tulungan akong mag-gupit ng buhok.

請幫我買。

qǐng bāng wǒ mǎi

Paki bilhan mo ako.

請幫我買東西。

qǐng bāng wǒ mǎi dōng xi

Paki bilhan mo ako ng gamit.

7 Pag-gamit ng mga salitang「坐ㄗㄨㄛˋ "sumakay" +

transportasyon」=「搭ㄉㄚ "sumakay" + transportasyon」

坐ㄗㄨㄛˋ 飛ㄈㄟ 機ㄐㄧ 。 = 搭ㄉㄚ 飛ㄈㄟ 機ㄐㄧ 。

zuò fēi jī dā fēi jī

Sumakay ng eroplano. Sumakay ng eroplano. (Mag eroplano.)

坐ㄗㄨㄛˋ 計ㄐㄧˋ 程ㄔㄥˊ 車ㄔㄜ 。 = 搭ㄉㄚ 計ㄐㄧˋ 程ㄔㄥˊ 車ㄔㄜ 。

zuò jì chéng chē dā jì chéng chē

Sumakay ng taksi. Sumakay ng taksi. (Mag taksi.)

坐ㄗㄨㄛˋ 捷ㄐㄧㄝˊ 運ㄩㄣˋ 。 = 搭ㄉㄚ 捷ㄐㄧㄝˊ 運ㄩㄣˋ 。

zuò jié yùn dā jié yùn

Sumakay ng MRT. Sumakay ng MRT. (Mag MRT.)

第15課

第_{ㄉㄧ}15課_{ㄎㄜ}

買東西
mǎi dōng xi

買_{ㄇㄞ} 東_{ㄉㄨㄥ} 西_{ㄒㄧ}

Bumili ng gamit

🎵 15-1

麻_{ㄇㄚ}煩_{ㄈㄢ}你_{ㄋㄧ}，那_{ㄋㄚ}件_{ㄐㄧㄢ}衣_ㄧ服_{ㄈㄨ} má fán nǐ nà jiàn yī fú 拿_{ㄋㄚ}下_{ㄒㄧㄚ}來_{ㄌㄞ}¹ 給_{ㄍㄟ}我_{ㄨㄛ}看_{ㄎㄢ}看_{ㄎㄢ}。 ná xià lái gěi wǒ kàn kàn	Paki naman, ibaba mo dito yung damit na iyan at titingnan ko.
是_ㄕ這_{ㄓㄜ}一_ㄧ件_{ㄐㄧㄢ}嗎_{ㄇㄚ}？ shì zhè yí jiàn ma	Ito ba?
是_ㄕ的_{ㄉㄜ}，真_{ㄓㄣ}漂_{ㄆㄧㄠ}亮_{ㄌㄧㄤ}。 shì de zhēn piào liàng 有_{ㄧㄡ}再_{ㄗㄞ}² 大_{ㄉㄚ}一_ㄧ點_{ㄉㄧㄢ}³ 的_{ㄉㄜ}嗎_{ㄇㄚ}？ yǒu zài dà yì diǎn de ma	Oo, napakaganda. Mayroon bang mas malaki ng konti?
有_{ㄧㄡ}，不_{ㄅㄨ}過_{ㄍㄨㄛ}⁴ 顏_{ㄧㄢ}色_{ㄙㄜ}不_{ㄅㄨ}一_ㄧ yǒu bú guò yán sè bù yí 樣_{ㄧㄤ}。 yàng	Meron, kaya lang ibang kulay.

沒關係，給我看看。 méi guān xi　gěi wǒ kàn kàn	Hindi bale, tingnan ko.
這裡還有別的款式。 zhè lǐ hái yǒu bié de kuǎn shì	Meron pa dito ibang estilo.
這件衣服多少錢？ zhè jiàn yī fú duō shǎo qián 有打折嗎？ yǒu dǎ zhé ma	Magkano itong damit na ito? Meron bang diskwento?
打九折⁵，一千八百 dǎ jiǔ zhé　yì qiān bā bǎi 元。 yuán	10 porsyento ang diskwento, 1800 yuan.
那我要這件。可以刷 nà wǒ yào zhè jiàn　kě yǐ shuā 卡嗎？ kǎ ma	Ah gusto ko ito. Pwede ba magbayad ng credit card?
我們只收現金。 wǒ men zhǐ shōu xiàn jīn	Cash lang ang tinatanggap namin.
給你兩千元。 gěi nǐ liǎng qiān yuán	Ito ibigay ko sa iyo 2000 yuan.
找您兩百元⁶。 zhǎo nín liǎng bǎi yuán	Sukliaan kita ng 200 yuan.

Bokabularyo

麻煩 má fán	paki naman	件 jiàn	piraso
衣服 yī fú	damit	拿 ná	kunin
下來 xià lái	ibaba	給 gěi	ibigay
看 kàn	tingnan	真 zhēn	napaka... / tunay na...
漂亮 piào liàng	maganda	再 zài	at pagkatapos ay...
大一點 dà yì diǎn	mas malaki	顏色 yán sè	kulay
一樣 yí yàng	pareho	沒關係 méi guān xi	hindi bale

190

還有 hái yǒu	meron pa	別的 bié de	iba pa
款式 kuǎn shì	estilo	多少 duō shǎo	ilan / magkano
錢／元 qián　yuán	pera / yuan	打折 dǎ zhé	diskwento
九折 jiǔ zhé	10 porsyento	千 qiān	libo
百 bǎi	daan (hundred)	刷卡 shuā kǎ	magbayad ng credit card
只 zhǐ	ito lang	收 shōu	tinatanggap
現金 xiàn jīn	pera (cash)	找 zhǎo	hanap / hinahanap
不過 bú guò	kaya lang		

✱ **Karagdagang Bokabularyo**　　15-3

□ 貴ㄍㄨㄟ mahal (expensive)
　guì

□ 便ㄆㄧㄢ宜ㄧ mura / barato
　pián yí

□ 厚ㄏㄡ makapal
　hòu

□ 薄ㄅㄛ / 薄ㄅㄠ manipis
　bó　　báo

□ 醜ㄔㄡ pangit / hindi maganda
　chǒu

□ 零ㄌㄧㄥ碼ㄇㄚ wala ng size
　líng mǎ

□ 特ㄊㄜ價ㄐㄧㄚ naiiba
　tè　jià

□ 不ㄅㄨ二ㄦ價ㄐㄧㄚ walang tawad
　bú　èr　jià

□ 黑ㄏㄟ色ㄙㄜ kulay itim
　hēi　sè

□ 白ㄅㄞ色ㄙㄜ kulay puti
　bái　sè

□ 灰ㄏㄨㄟ色ㄙㄜ Kulay abo
　huī　sè

□ 紅ㄏㄨㄥ色ㄙㄜ kulay pula
　hóng sè

□ 藍ㄌㄢ色ㄙㄜ kulay asul
　lán　sè

□ 黃ㄏㄨㄤ色ㄙㄜ kulay dilaw
　huáng sè

□ 綠ㄌㄩ色ㄙㄜ kulay berde
　lǜ　sè

□ 橙ㄔㄥ色ㄙㄜ kulay kahel
　chéng sè

□ 棕ㄗㄨㄥ色ㄙㄜ kulay kayumanggi
　zōng sè

□ 紫ㄗ色ㄙㄜ kulay lila (violet)
　zǐ　sè

□ 深ㄕㄣ色ㄙㄜ madilim na kulay
　shēn sè

□ 淺ㄑㄧㄢ色ㄙㄜ maliwanag na kulay
　qiǎn sè

🔊 15-4

1 Pag-gamit ng salitang「拿ㄋㄚˊ "kunin" ～」

拿ㄋㄚˊ 給ㄍㄟˇ 他ㄊㄚ 。

ná gěi tā

Kunin mo at ibigay sa kanya.

拿ㄋㄚˊ 上ㄕㄤˋ 來ㄌㄞˊ 。

ná shàng lái

Kunin mo at iakyat dito.

拿ㄋㄚˊ 過ㄍㄨㄛˋ 來ㄌㄞˊ 。

ná guò lái

Kunin mo at dalhin dito.

2 Pag-gamit ng salitang 「再ㄗㄞˋ～」

(1) pagsasaad ng **mas higit pa**

再ㄗㄞˋ快ㄎㄨㄞˋ一ㄧˋ點ㄉㄧㄢˇ。

zài kuài yì diǎn

Mas bilisan pa ng konti.

(2) pagsasaad ng **pag-ulit ng aksyon**

再ㄗㄞˋ說ㄕㄨㄛ一ㄧˊ次ㄘˋ。

zài shuō yí cì

Sabihin mong muli ng isang beses.

(3) pagsasaad ng **pagsagawa ng naunang aksyon**

想ㄒㄧㄤˇ好ㄏㄠˇ了ㄌㄜ再ㄗㄞˋ說ㄕㄨㄛ。

xiǎng hǎo le zài shuō

Pag-isipan muna saka na mag-desisyon.

3 Pag-gamit ng mga salitang 「Pang-uri ＋一一點 "ng konti"/ 一一些 "katamtaman"」

小一一點 。 　　　　　 ＝ 小一一些 。
xiǎo yì diǎn 　　　　　　　 xiǎo yì xiē
Maliit ng konti. 　　　　　　Katamtamng liit.

快一一點 。 　　　　　 ＝ 快一一些 。
kuài yì diǎn 　　　　　　　 kuài yì xiē
Bilisan ng konti. 　　　　　 Katamtamang bilis.

便宜一一點 。 　　　 ＝ 便宜一一些 。
pián yí yì diǎn 　　　　　　 pián yí yì xiē
Mura (barato) ng konti. 　　 Katamtamang mura.

4 Pag-gamit ng salitang 「～不過 "kaya lang"…」 🎧 15-5

計程車很快，不過很貴。

jì chéng chē hěn kuài　　bú　guò hěn　guì

Mabilis ang taksi kaya lang may kamahalan.

早上天氣晴朗，不過下午會下雨。

zǎo shàng tiān qì qíng lǎng　　bú guò xià wǔ　huì xià yǔ

Maganda ang panahon ngayong umaga kaya lang uulan sa hapon.

他很帥，不過很矮。

tā　hěn shuài　bú guò hěn ǎi

Gwapo siya kaya lang maliit.

5 Pag-gamit ng dalawang salitang pang-diskwento 「打

＋ numero ＋折」

打 **85** 折
dǎ bā wǔ zhé
15 porsyentong diskwento

打 **79** 折
dǎ qī jiǔ zhé
21 porsyentong diskwento

打 **7** 折
dǎ　qī zhé
30 porsyentong diskwento

打 **5** 折　　　　＝打對折
dǎ　wǔ zhé　　　　dǎ　duì　zhé
50 porsyentong diskwento　kalahati sa halaga ang diskwento

6 Pag-gamit ng salitang 「找 "sukli" ＋ Pangngalan ＋

numero／halaga」

找您三十元。　　　找你錢。
zhǎo nín sān　shí　yuán　　zhǎo nǐ　qián
Sukli mo 30 yuan.　　　Suklian kita.

第 **16** 課

看電影
kàn diàn yǐng
Manood ng sine

Pakikipagusap

 16-1

你現在才回來[1]喔！ nǐ xiàn zài cái huí lái wō	Ngayon ka lang nakabalik!
路上塞車啊！ lù shàng sāi chē a	Ma-trapik sa kalsada!
有買到[2]電影票嗎？ yǒu mǎi dào diàn yǐng piào ma	Nakabili ka na ba ng tiket ng sine?
有啊！是今天晚上七 yǒu a shì jīn tiān wǎn shàng qī 點三十分[3]的。 diǎn sān shí fēn de	Meron! Para sa 7:30 ngayong gabi.
很好。座位好不好[4]？ hěn hǎo zuò wèi hǎo bù hǎo	Magaling. Maganda ba ang pwesto ng upuan?

倒數第二排[5]的中間靠走道[6]。 dào shǔ dì èr pái de zhōng jiān kào zǒu dào	Malapit sa pasilyo sa may gitna, pan-galawang hilera mula sa likuran.
座位還不錯[7]喔！ zuò wèi hái bú cuò wō	Ang pwesto ng upuan ay hindi na masama!
影片演多久呢[8]？ yǐng piàn yǎn duō jiǔ ne	Gaano katagal ang pelikula?
兩個半小時左右[9]。 liǎng ge bàn xiǎo shí zuǒ yòu	Higit-kumulang dalawang oras at kalahati.
那我們買兩杯可樂和爆米花[10]進去吃吧。 nà wǒ men mǎi liǎng bēi kě lè hé bào mǐ huā jìn qù chī ba	Bili tayo ng dalawang basong coke at popcorn para may makain pagpasok sa loob.
時間不早了，我們出發吧！ shí jiān bù zǎo le wǒ men chū fā ba	Gumagabi na, tara na!

Bokabularyo

16-2

現在 xiàn zài	ngayon	回來 huí lái	bumalik
路上 lù shàng	sa kalsada	塞車 sāi chē	trapik
電影 diàn yǐng	sine	票 piào	tiket
今天 jīn tiān	ngayong araw	晚上 wǎn shàng	ngayong gabi
座位 zuò wèi	pwesto ng upuan	倒數 dào shǔ	bilang mula sa likuran / bilang pabalik
第二 dì èr	pangalawa	排 pái	hilera
中間 zhōng jiān	gitna	靠 kào	malapit sa

走道 zǒu dào	pasilyo	還不錯 hái bú cuò	hindi na masama
影片 yǐng piàn	pelikula	演 yǎn	palabas
左右 zuǒ yòu	humigit-kumulang	杯 bēi	baso
可樂 kě lè	coke	爆米花 bào mǐ huā	popcorn
進去 jìn qù	pasok	早 zǎo	maaga / umaga
出發 chū fā	alis na	買 mǎi	bumili

✱ Karagdagang Bokabularyo 🎧 16-3

▢ 左邊 tabing kaliwa
zuǒ biān

▢ 右邊 tabing kanan
yòu biān

▢ 恐怖片 Pelikulang nakakatakot
kǒng bù piàn

▢ 喜劇片 Pelikulang komedya
xǐ jù piàn

▢ 愛情文藝片 Pelikula tungkol sa kwentong pagibig at sining
ài qíng wén yì piàn

▢ 科幻片 Pelikulang kathang-agham (sci-fi movie)
kē huàn piàn

▢ 動作片 Pelikulang aksyon
dòng zuò piàn

▢ 卡通影片 Pelikulang karikatura (cartoon film)
kǎ tōng yǐng piàn

（動畫片） animasyon (animation)
dòng huà piàn

▢ 入口 pasukan
rù kǒu

▢ 出口 labasan
chū kǒu

▢ 單數 kakaibang numero (odd number)
dān shù

▢ 雙數 kahit na numero (even number)
shuāng shù

▢ 客滿 punuan (standing room)
kè mǎn

Pag-gamit ng gramatika   🎧 16-4

1 Pag-kakaiba ng mga salitang「才ㄘㄞˊ "pa lamang" + Berbo」

at「就ㄐㄧㄡˋ "pa lang" + Berbo + 了ㄌㄜ˙ "na"」

我ㄨㄛˇ 七ㄑㄧ 點ㄉㄧㄢˇ 才ㄘㄞˊ 到ㄉㄠˋ。
wǒ qī diǎn cái dào
Alas siete pa ang dating ko.

我ㄨㄛˇ 七ㄑㄧ 點ㄉㄧㄢˇ 就ㄐㄧㄡˋ 到ㄉㄠˋ 了ㄌㄜ˙。
wǒ qī diǎn jiù dào le
Alas siete pa lang dumating na ako.

我ㄨㄛˇ 現ㄒㄧㄢˋ 在ㄗㄞˋ 才ㄘㄞˊ 回ㄏㄨㄟˊ 來ㄌㄞˊ。
wǒ xiàn zài cái huí lái
Ngayon pa lamang ako nakabalik.

我ㄨㄛˇ 早ㄗㄠˇ 就ㄐㄧㄡˋ 回ㄏㄨㄟˊ 來ㄌㄞˊ 了ㄌㄜ˙。
wǒ zǎo jiù huí lái le
Maaga pa lang nakabalik na ako.

2 Pag-gamit ng mga salitang 「Berbo ＋到 "tapos na"」 at 「沒＋ Berbo ＋到 "hindi pa tapos"」 at saka 「Berbo ＋得到 "kaya"」 at 「Berbo ＋不到 "hindi kaya"」

(1) 今天的工作我做到了。

jīn　tiān　de gōng zuò　wǒ　zuò　dào　le

Nagawa ko na ang trabaho ngayong araw.

(2) 今天的工作我沒做到。

jīn　tiān　de gōng zuò　wǒ　méi　zuò dào

Hindi ko pa nagawa ang trabaho ngayong araw.

(3) 今天的工作我做得到。

jīn　tiān　de gōng zuò　wǒ　zuò　de　dào

Magagawa ko ang trabaho ngayong araw.

(4) 今天的工作我做不到。

jīn　tiān　de gōng zuò　wǒ　zuò　bú　dào

Hindi ko magagawa ang trabaho ngayong araw.

3 Pagpahayag ng「oras」

16-5

昨天	早上	九點半
zuó tiān	zǎo shàng	jiǔ diǎn bàn
kahapon	umaga	alas nuebe medya

今天	中午	十二點
jīn tiān	zhōng wǔ	shí èr diǎn
ngayong araw	tanghali	alas dose

（＋　＋）

明天	晚上	七點
míng tiān	wǎn shàng	qī diǎn
bukas	gabi	alas siete

昨天晚上七點。
zuó tiān wǎn shàng qī diǎn
Alas siete kahapon ng gabi.

今天早上九點半。
jīn tiān zǎo shàng jiǔ diǎn bàn
Alas nuebe medya ngayong umaga

明天中午十二點。
míng tiān zhōng wǔ shí èr diǎn
Alas dose bukas ng tanghali.

4 Pag-gamit ng salitang「～好ㄏㄠˇ不ㄅㄨˋ好ㄏㄠˇ "ayos lang ba"？」

買ㄇㄞˇ這ㄓㄜˋ個ㄍㄜˋ好ㄏㄠˇ不ㄅㄨˋ好ㄏㄠˇ？

mǎi zhè ge hǎo bù hǎo

Ito ang bilhin natin ayos lang ba?

你ㄋㄧˇ的ㄉㄜˊ脾ㄆㄧˊ氣ㄑㄧˋ好ㄏㄠˇ不ㄅㄨˋ好ㄏㄠˇ？

nǐ de pí qì hǎo bù hǎo

Ayos lang ba ang init ng ulo mo?

明ㄇㄧㄥˊ天ㄊㄧㄢ的ㄉㄜˊ天ㄊㄧㄢ氣ㄑㄧˋ好ㄏㄠˇ不ㄅㄨˋ好ㄏㄠˇ？

míng tiān de tiān qì hǎo bù hǎo

Ayos lang ba ang panahon bukas?

5 Pag-gamit ng salitang「倒ㄉㄠˋ數ㄕㄨˇ "pabalik" ＋ bilang ／

numero ng ordinal ＋ kwantista」

倒ㄉㄠˋ數ㄕㄨˇ十ㄕˊ秒ㄇㄧㄠˇ。

dào shǔ shí miǎo

10 sigundo bilang pabalik.

倒ㄉㄠˋ數ㄕㄨˇ三ㄙㄢ天ㄊㄧㄢ。

dào shǔ sān tiān

3 araw bilang pabalik.

倒_{ㄉㄠˋ}數_{ㄕㄨˇ}第_{ㄉㄧˋ}一_ㄧ名_{ㄇㄧㄥˊ}。

dào shǔ dì   yī míng
Nangunguna mula sa huli. (tinutukoy dito ang hanay sa pagsusulit, panghuli)

倒_{ㄉㄠˋ}數_{ㄕㄨˇ}第_{ㄉㄧˋ}二_{ㄦˋ}位_{ㄨㄟˋ}。

dào shǔ dì   èr   wèi
Pangalawa mula sa huli.

6 Pag-gamit ng salitang「靠_{ㄎㄠˋ} "malapit sa" ＋ Berbo」🎧 16-6

靠_{ㄎㄠˋ}走_{ㄗㄡˇ}道_{ㄉㄠˋ}

kào zǒu dào
Malapit sa pasilyo

靠_{ㄎㄠˋ}旁_{ㄆㄤˊ}邊_{ㄅㄧㄢ}

kào páng biān
Malapit sa tabi

靠_{ㄎㄠˋ}廁_{ㄘㄜˋ}所_{ㄙㄨㄛˇ}

kào cè suǒ
Malapit sa palikuran (kubeta)

7 Pag-gamit ng salitang 「～還不錯 "hindi masama"」

服務還不錯。

fú wù hái bú cuò

Hindi masama ang serbisyo.

這裡的咖啡還不錯。

zhè lǐ de kā fēi hái bú cuò

Hindi masama ang kape dito.

好像還不錯。

hǎo xiàng hái bú cuò

Parang hindi masama.

8 Pag-gamit ng salitang 「～多久 (呢) "gaano katagal" ？」

我們要等多久 (呢) ？

wǒ men yào děng duō jiǔ   (nc)

Gaano katagal tayong maghihintay?

還能用多久 (呢) ？

hái néng yòng duō jiǔ   (ne)

Gaano katagal pwedeng gamitin?

♪ 16-7

9 Pag-gamit ng salitang 「～左右 "humigit-kumulang"」

這本書大約三百塊錢（三百元）左右。
zhè běn shū dà yuē sān bǎi kuài qián (sān bǎi yuán) zuǒ yòu
Ang librong ito ay humigit-kumulang nasa 300 yuan.

這裡都是十歲左右的小孩。
zhè lǐ dōu shì shí suì zuǒ yòu de xiǎo hái
Ang mga bata dito ay humigit-kumulang puro nasa 10 taong gulang.

10 Pag-gamit ng mga salitang 「A ＋和 "at" ＋ B」＝

「A ＋與 "at" ＋ B」

我和你
wǒ hé nǐ
Ako at ikaw

＝我與你
wǒ yǔ nǐ
Ako at ikaw

哥哥和弟弟
gē ge hé dì i
Kuya at kapatid

＝哥哥與弟弟
gē ge yǔ dì di
Kuya at kapatid

蘋果和西瓜
píng guǒ hé xī guā
Mansanas at pakwan

＝蘋果與西瓜
píng guǒ yǔ xī guā
Mansanas at pakwan

白色和黑色我都不喜歡。

bái sè hé hēi sè wǒ dōu bù xǐ huān

Parehong hindi ko gusto ang puti at itim.

＝ 白色與黑色我都不喜歡。

bái sè yǔ hēi sè wǒ dōu bù xǐ huān

Parehong hindi ko gusto ang puti at itim.

炒飯和炒麵都可以。

chǎo fàn hé chǎo miàn dōu kě yǐ

Pwede na ang sinangag at gisadong pansit.

＝ 炒飯與炒麵都可以。

chǎo fàn yǔ chǎo miàn dōu kě yǐ

Pwede na ang sinangag at pansit gisado.

第 17 課
カ一 ㄎㄜˋ

理髮
ㄌ一ˇ ㄈㄚˋ
lǐ fà

Magpagupit ng buhok

Pakikipagusap

 17-1

你好，我要理髮。 nǐ hǎo wǒ yào lǐ fà	Hello, magpapagupit ako ng buhok.
好，請坐這裡。 hǎo qǐng zuò zhè lǐ	Sige, mangyaring umupo dito.
要怎麼理呢[1]？ yào zěn me lǐ ne	Paano ang gusto mong gupit?
照[2]原本的樣子理 zhào yuán běn de yàng zi lǐ 就[3]行了。 jiù xíng le	Gupit na tulad sa dating anyo ay pwede na.

後面再剪短一點。 hòu miàn zài jiǎn duǎn yì diǎn	Gupitin ng mas maikli sa likuran.
請到那邊洗頭。 qǐng dào nà biān xǐ tóu	Mangyaring hugasan ang buhok doon.
水太燙[4]嗎？ shuǐ tài tàng ma	Masyadong mainit ba ang tubig?
有一點燙。 yǒu yì diǎn tàng	Medyo mainit.
請到這邊吹乾頭髮。 qǐng dào zhè biān chuī gān tóu fǎ	Mangyaring pumunta dito upang patuyuin ang buhok.
這次[5]理的髮型， zhè cì lǐ de fǎ xíng 你喜歡嗎？ nǐ xǐ huān ma	Itong estilo ng gupit ng buhok mo, nagustuhan mo ba?
還[6]不錯！ hái bú cuò	Hindi masama!

212

Bokabularyo

🎵 17-2

理髮 / 剪髮 lǐ fǎ jiǎn fǎ	pagupit ng buhok	理 / 剪 lǐ jiǎn	pagupit / paputol
照 zhào	itulad	原本 yuán běn	dati
樣子 yàng zi	anyo	行 xíng	pwede
後面 hòu miàn	likuran	剪 jiǎn	putol
短 duǎn	maikli	洗 xǐ	hugas
頭 tóu	ulo	水 shuǐ	tubig
太 tài	Sobrang...	燙 tàng	mainit
吹 chuī	i-blower	乾 gān	tuyo
頭髮 tóu fǎ	buhok	髮型 fǎ xín	estilo ng buhok
喜歡 xǐ huān	gusto		

✳ Karagdagang Bokabularyo　🎧 17-3

▫ 染髮 pakulay ng buhok
 răn fă

▫ 燙髮 pakulot ng buhok
tàng fă

▫ 鏡子 salamin
jìng zi

▫ 剪刀 gunting
jiǎn dāo

▫ 梳子 suklay
shū zi

▫ 吹風機 blower
chuī fēng jī

▫ 長 mahaba
cháng

▫ 短 maikli
duǎn

▫ 冷 malamig
lěng

Pag-gamit ng gramatika 🎧17-4

1 Pag-gamit ng mga salitang「（要）怎麼 "paano" +

Berbo +（呢）？(gamit sa pag-tanong)」

要怎麼說呢？　　　＝要怎麼說？
yào zěn me shuō ne　　　yào zěn me shuō

＝怎麼說呢？
zěn me shuō ne
Paano sasabihin?

要怎麼辦呢？　　　＝要怎麼辦？
yào zěn me bàn ne　　　yào zěn me bàn

＝怎麼辦呢？
zěn me bàn ne
Paano na?

要怎麼用呢？　　　＝要怎麼用？
yào zěn me yòng ne　　　yào zěn me yòng

＝怎麼用呢？
zěn me yòng ne
Paano na gagawin?

2 Pag-gamit ng salitang 「～照ㄓㄠˋ…"sundin" "itulad" "ayon sa" "gayahin"」

請ㄑㄧㄥˇ照ㄓㄠˋ我ㄨㄛˇ說ㄕㄨㄛ的ㄉㄜ寫ㄒㄧㄝˇ。

qǐng zhào wǒ shuō de xiě

Mangyaring isulat ayon sa sinabi ko.

請ㄑㄧㄥˇ照ㄓㄠˋ說ㄕㄨㄛ明ㄇㄧㄥˊ書ㄕㄨ使ㄕˇ用ㄩㄥˋ。

qǐng zhào shuō míng shū shǐ yòng

Mangyaring sundin ang manwal sa pag-gamit.

3 Pag-gamit ng salitang 「～就ㄐㄧㄡˋ…"nangangahulugan ng pagpupumilit"」

照ㄓㄠˋ原ㄩㄢˊ本ㄅㄣˇ的ㄉㄜ樣ㄧㄤˋ子ㄗ理ㄌㄧˇ就ㄐㄧㄡˋ行ㄒㄧㄥˊ了ㄌㄜ。

zhào yuán běn de yàng zi   lǐ   jiù xín le

Gupitin ng tulad sa dating anyo ay pwede na.

妳ㄋㄞˇ給ㄍㄟˇ我ㄨㄛˇ寄ㄐㄧˋ來ㄌㄞˊ就ㄐㄧㄡˋ行ㄒㄧㄥˊ了ㄌㄜ。

nǎi gěi wǒ   jì lái jiù xín le

Ipadala mo lang sa akin ay pwede na.

下ㄒㄧㄚˋ午ㄨˇ有ㄧㄡˇ空ㄎㄨㄥˋ你ㄋㄧˇ就ㄐㄧㄡˋ去ㄑㄩˋ吧ㄅㄚ！

xià wǔ yǒu kòng nǐ   jiù qù   ba

Kapag may panahon sa hapon ay pumunta ka.

🔊 17-5

4 Pag-gamit ng salitang 「太ㄊㄞ "ubod ng" "sobrang" "sukdulan"

+ Pang-uri」

太ㄊㄞ高ㄍㄠ

tài   gāo

Ubod ng taas / sobrang taas

太ㄊㄞ貴ㄍㄨㄟ

tài   guì

Ubod ng mahal / sobrang mahal

太ㄊㄞ遠ㄩㄢ

tài   yuǎn

Ubod ng layo / sobrang layo

太ㄊㄞ冰ㄅㄥ

tài   bīng

Ubod ng lamig / sobrang lamig

5 Pag-gamit ng salitang「這ㄓㄜˋ次ㄘˋ～ "sa oras na ito" "ngayon"」

這ㄓㄜˋ次ㄘˋ考ㄎㄠˇ試ㄕˋ太ㄊㄞˋ難ㄋㄢˊ了ㄌㄜ。

zhè cì kǎo shì tài nán le

Sobrang hirap ng pagsusulit (test) ngayon.

這ㄓㄜˋ次ㄘˋ的ㄉㄜ旅ㄌㄩˇ行ㄒㄧㄥˊ很ㄏㄣˇ好ㄏㄠˇ玩ㄨㄢˊ。

zhè cì de lǚ xíng hěn hǎo wán

Napakasaya ang paglalakbay ngayon.

6 Pag-gamit ng salitang「…還ㄏㄞˊ～」

(1) pagsasaad ng "**pa rin**"

他ㄊㄚ還ㄏㄞˊ沒ㄇㄟˊ回ㄏㄨㄟˊ來ㄌㄞˊ。

tā hái méi huí lái

Hindi pa rin siya dumarating.

(2) pagsasaad ng walang pinag-iba o katulad ng dati "**pa**"

時ㄕˊ間ㄐㄧㄢ還ㄏㄞˊ早ㄗㄠˇ。

shí jiān hái zǎo

Maaga pa.

218

⑶ pagsasaad ng "**mas**" o "**meron pa**"

今天比昨天還冷。

jīn tiān bǐ zuó tiān hái lěng

Mas malamig ngayong araw kaysa kahapon.

桌子上有書和筆記本，還有筆。

zhuō zi shàng yǒu shū hé bǐ jì běn hái yǒu bǐ

May mga libro at kuwaderno (notebook) sa lamesa, meron pang bolpen.

⑷ pagsasaad ng "**pwede na rin**"

還好、還可以

hái hǎo hái kě yǐ

Mabuti (maayos) naman, pwede na rin

⑸ pagsasaad ng higit sa inaasahan "**naman**"

還不錯

hái bú cuò

Maganda naman / Maayos naman

第一
18
課ㄎㄜˋ

遇ㄩˋ 見ㄐㄧㄢˋ 朋ㄆㄥˊ 友ㄧㄡˇ
yù　jiàn　péng　yǒu
Nagkita ang magkaibigan

Pakikipagusap

 18-1

我ㄨㄛˇ 好ㄏㄠˇ 像ㄒㄧㄤˋ[1] 在ㄗㄞˋ 哪ㄋㄚˇ 裡ㄌㄧˇ 見ㄐㄧㄢˋ 過ㄍㄨㄛˋ wǒ hǎo xiàng　zài　nǎ　lǐ　jiàn guò 你ㄋㄧˇ？ nǐ	Parang nakita na kita kung saan?
你ㄋㄧˇ 是ㄕˋ 林ㄌㄧㄣˊ 先ㄒㄧㄢ 生ㄕㄥ 嗎ㄇㄚˊ？ nǐ　shì　lín xiān shēng ma	Ikaw ba si Mr. Lin?
啊ㄚ！你ㄋㄧˇ 是ㄕˋ 張ㄓㄤ 先ㄒㄧㄢ 生ㄕㄥ 吧ㄅㄚˊ！ ā　　 nǐ　shì zhāng xiān shēng ba	Oh! Ikaw si Mr. Chang!
對ㄉㄨㄟˋ 啊ㄚ！好ㄏㄠˇ 久ㄐㄧㄡˇ 不ㄅㄨˊ 見ㄐㄧㄢˋ。 duì　a　　 hǎo jiǔ bú jiàn	Tama! Matagal din tayong di nagkita.
最ㄗㄨㄟˋ 近ㄐㄧㄣˋ[2] 好ㄏㄠˇ 嗎ㄇㄚˊ？ zuì　jìn　　 hǎo ma	Kamusta ka na ngayon?

還可以！ hái kě yǐ	Maayos naman!
你變很多了[3]。我差 nǐ biàn hěn duō le　wǒ chà 一點認不出你了[4]。 yì diǎn rèn bù chū nǐ le	Malaki ang pinagbago mo. Halos hindi na kita makilala.
你還是跟過去一樣[5]， nǐ hái shì gēn guò qù yí yàng 沒什麼變。 méi shén me biàn	Tulad ka pa rin ng dati, wala gaanong pinagbago.
是嗎？上次見面是 shì ma　shàng cì jiàn miàn shì 什麼時候[6]了？ shén me shí hòu le	Totoo? Kailan ba tayo huling nagkita?
十年前了吧！你還在[7] shí nián qián le ba　nǐ hái zài 原來的地方工作嗎？ yuán lái de dì fāng gōng zuò ma	10 taon na ang nakalipas! Doon ka pa rin ba sa dati mong pinapasukang trabaho?

是ㄕˋ啊ㄚ˙！我ㄨㄛˇ家ㄐㄧㄚ就ㄐㄧㄡˋ在ㄗㄞˋ[8] 附ㄈㄨˋ近ㄐㄧㄣˋ，要ㄧㄠˋ來ㄌㄞˊ我ㄨㄛˇ家ㄐㄧㄚ坐ㄗㄨㄛˋ嗎ㄇㄚ˙？ shì a wǒ jiā jiù zài fù jìn yào lái wǒ jiā zuò ma	Oo! Malapit lang ang bahay ko dito, gusto mong bumisita sa bahay ko?
現ㄒㄧㄢˋ在ㄗㄞˋ還ㄏㄞˊ有ㄧㄡˇ[9] 事ㄕˋ，三ㄙㄢ點ㄉㄧㄢˇ以ㄧˇ後ㄏㄡˋ[11]我ㄨㄛˇ再ㄗㄞˋ跟ㄍㄣ你ㄋㄧˇ聯ㄌㄧㄢˊ絡ㄌㄨㄛˋ。 xiàn zài hái yǒu shì sān diǎn yǐ hòu wǒ zài gēn nǐ lián luò	May gagawin pa ako sa ngayon, kontakin kita makalipas lang ang alas tres.
好ㄏㄠˇ。我ㄨㄛˇ的ㄉㄜ˙手ㄕㄡˇ機ㄐㄧ是ㄕˋ零ㄌㄧㄥˊ九ㄐㄧㄡˇ三ㄙㄢ三ㄙㄢ－一ㄧ二ㄦˋ三ㄙㄢ－四ㄙˋ五ㄨˇ六ㄌㄧㄡˋ。 hǎo wǒ de shǒu jī shì líng jiǔ sān sān yī èr sān sì wǔ liù	Sige. 0933-123-456 ang numero ng cellphone ko.
那ㄋㄚˋ麼ㄇㄜ˙，下ㄒㄧㄚˋ午ㄨˇ見ㄐㄧㄢˋ。 nà me xià wǔ jiàn	Magkita tayo mamayang hapon.

Bokabularyo

18-2

好像 hǎo xiàng	parang / para bang / mukhang	哪裡 nǎ lǐ	saan
好久 hǎo jiǔ	ang tagal	最近 zuì jìn	ngayon / kamakailan lang
可以 kě yǐ	pwede	變（化） biàn （huà）	pagbabago
很多 hěn duō	marami	差一點 chà yī diǎn	halos
認（識） rèn （shi）	kilala	過去 guò qù	nakaraan
一樣 yí yàng	pareho / tulad	手機 shǒu jī	cellphone
上次 shàng cì	noon nakaraan	時候 shí hòu	panahon
（以）前 （yǐ） qián	noon	原來 yuán lái	dati
地方 dì fāng	lugar	家 jiā	bahay / tahanan

附近 fù jìn	malapit	事（情） shì (qíng)	gawain
以後 yǐ hòu	sa susunod	聯絡 lián luò	kontak

✱ Karagdagang Bokabularyo　　🔊 18-3

▢ 未來 hinaharap (future)
　wèi lái

▢ 空閒 libreng oras
　kòng xián

▢ 忙碌 abala (busy)
　máng lù

▢ 電話 telepono
　diàn huà

▢ 名片 kard (name card)
　míng piàn

▢ 電子信箱 E-mail address
　diàn zǐ xìn xiāng

▢ 電子郵件 Email
　diàn zǐ yóu jiàn

1 Pag-gamit ng salitang 「好像～？ "parang / para bang / mukhang"」

好像很熱？
hǎo xiàng hěn rè
Mukhang napakainit?

好像忘了？
hǎo xiàng wàng le
Mukhang nalimutan?

好像遲到了？
hǎo xiàng chí dào le
Mukhang naantala na?

2 Pag-gamit ng salitang 「最近～ "kamakailan / ngayon"」

最近天氣很冷。
zuì jìn tiān qì hěn lěng
Malamig ang panahon ngayon.

最近心情不好。
zuì jìn xīn qíng bù hǎo
Hindi mabuti ang pakiramdam ko kamakailan lang.

3 Pag-gamit ng salitang 「…（很ㄏㄣˇ）多ㄉㄨㄛ 了ㄌㄜ。"ang laki ng"」

現ㄒㄧㄢˋ在ㄗㄞˋ好ㄏㄠˇ（很ㄏㄣˇ）多ㄉㄨㄛ 了ㄌㄜ。

xiàn zài hǎo （hěn） duō le

Ang laki ng iginaling (karamdaman).

便ㄆㄧㄢˊ宜ㄧˊ（很ㄏㄣˇ）多ㄉㄨㄛ 了ㄌㄜ。

pián yí （hěn） duō le

Ang laki ng mura (presyo).

4 Pag-gamit ng salitang「差ㄔㄚ一ㄧ點ㄉㄧㄢˇ"halos"＋Berbo＋了ㄌㄜ」

差ㄔㄚ一ㄧ點ㄉㄧㄢˇ遲ㄔˊ到ㄉㄠˋ了ㄌㄜ。

chà yì diǎn chí dào le

Halos maantala na.

差ㄔㄚ一ㄧ點ㄉㄧㄢˇ忘ㄨㄤˋ記ㄐㄧˋ了ㄌㄜ。

chà yì diǎn wàng jì le

Halos malimutan na.

差ㄔㄚ一ㄧ點ㄉㄧㄢˇ昏ㄏㄨㄣ倒ㄉㄠˇ了ㄌㄜ。

chà yì diǎn hūn dǎo le

Halos himatayin na.

18-5

5 Pag-gamit ng mga salitang paghahambing ng dalawang bagay 「～跟…一樣 "tulad/katulad"」＝「～和… 一樣 "tulad/ katulad"」

她跟以前一樣美麗。
tā gēn yǐ qián yí yàng měi lì

＝ 她和以前一樣美麗。
tā hé yǐ qián yí yàng měi lì
Siya ay kasingganda tulad ng dati.

這件衣服跟我的一樣。
zhè jiàn yī fú gēn wǒ de yí yàng

＝ 這件衣服和我的一樣。
zhè jiàn yī fú hé wǒ de yí yàng
Ang damit na ito ay katulad din ng aking damit.

台北的公車跟捷運一樣方便。
tái běi de gōng chē gēn jié yùn yí yàng fāng biàn

＝ 台北的公車和捷運一樣方便。
tái běi de gōng chē hé jié yùn yí yàng fāng biàn
Parehong maginhawa ang bus at MRT sa Taipei.

6 Pag-gamit ng mga salitang「什麼時候～？ "kailan"」

什麼時候見面？

shén me shí hòu jiàn miàn
Kailan magkikita?

什麼時候去日本？

shén me shí hòu qù rì běn
Kailan pupunta sa Japan?

7 Pag-gamit ng salitang nagsasaad ng walang pagbabago sa kinaroroonan, kinalalagyan o sa ginagawa「Panghalip ＋還在～」

(1) Panghalip ＋還在＋ Pangngalan

你還在學校嗎？

nǐ hái zài xué xiào ma
Nasa eskwelahan ka pa rin ba?

我還在教室。

wǒ hái zài jiào shì
Nasa silid aralan pa rin.

228

(2) Panghalip ＋還ㄏㄞˊ在ㄗㄞˋ＋ Berbo

他ㄊㄚ 還ㄏㄞˊ 在ㄗㄞˋ 睡ㄕㄨㄟˋ 覺ㄐㄧㄠˋ。

tā　hái　zài shuì jiào

Natutulog ka pa.

你ㄋㄧˇ 還ㄏㄞˊ 在ㄗㄞˋ 等ㄉㄥˇ 他ㄊㄚ 嗎ㄇㄚ ？

nǐ　hái　zài　děng tā　 ma

Hinihintay mo pa ba siya?

8 Pag-gamit ng salitang「～就ㄐㄧㄡˋ在ㄗㄞˋ "nasa / narito / nandito"

…」iginigiit kung nasaan ang isang bagay o tao

問ㄨㄣˋ題ㄊㄧˊ就ㄐㄧㄡˋ在ㄗㄞˋ這ㄓㄜˋ裡ㄌㄧˇ。

wèn　tí　jiù　zài　zhè　lǐ

Narito ang problem.

我ㄨㄛˇ就ㄐㄧㄡˋ在ㄗㄞˋ你ㄋㄧˇ身ㄕㄣ邊ㄅㄧㄢ。

wǒ　jiù　zài　nǐ　shēn biān

Nandito ako sa tabi mo.

醫－院ㄩㄢˋ就ㄐㄧㄡˋ在ㄗㄞˋ前ㄑㄧㄢˊ面ㄇㄧㄢˋ。

yī　yuàn jiù zài　qián miàn

Nasa tapat ang ospital.

9 Pag-gamit ng salitang 「～還有 "meron pa"…」 🎵 18-6

你還有錢嗎？
nǐ hái yǒu qián ma
Meron ka pa bang pera?

這裡還有很多人。
zhè lǐ hái yǒu hěn duō rén
Marami pang tao dito.

到車站還有一公里。
dào chē zhàn hái yǒu yì gōng lǐ
Meron pang 1 kilometro hanggang sa istasyon ng bus.

10 Pag-gamit ng mga salitang 「現在還有～ "meron pa ngayon"」 at 「現在沒有～ "wala na ngayon"」

現在還有營業。
xiàn zài hái yǒu yíng yè
Meron pa ngayong Negosyo.

現在沒有營業。
xiàn zài méi yǒu yíng yè
Wala na ngayong Negosyo.

現在還有下雨。
xiàn zài hái yǒu xià yǔ
Umuulan pa ngayon.

現在沒有下雨。
xiàn zài méi yǒu xià yǔ
Wala ng ulan ngayon.

11 Pag-gamit ng salitang nagsasaad ng panghinaharap 「以後～」

妳長大以後要做什麼？

nǎi zhǎng dà yǐ hòu yào zuò shén me

Anong gagawin mo kapag lumaki ka na.

我以後不會遲到。

wǒ yǐ hòu bú huì chí dào

Hindi na ako magpapahuli (late) sa susunod.

我以後要考一百分。

wǒ yǐ hòu yào kǎo yì bǎi fēn

Kukuha ako ng gradong 100 sa susunod.

第十九課

天氣
tiān qì
Panahon

Pakikipagusap

 19-1

今天天氣怎麼樣？ jīn tiān tiān qì zěn me yàng	Ano ang panahon ngayong araw?
今天天氣比昨天熱[1]。 jīn tiān tiān qì bǐ zuó tiān rè	Mainit ang panahon ngayong araw kaysa kahapon.
夏天經常下雨[3]嗎？ xià tiān jīng cháng xià yǔ ma	Madalas bang umulan sa tag-init?
不常下雨，但是[4]有 bù cháng xià yǔ dàn shì yǒu 颱風。 tái fēng	Hindi madalas umulan, ngunit may bagyo.
有時候[5]放颱風假。 yǒu shí hòu fàng tái fēng jià	Kung minsan may bakasyon dahil sa bagyo.

232

不過，一有颱風就要趕快去買菜[6]。 bú guò yì yǒu tái fēng jiù yào gǎn kuài qù mǎi cài	Ngunit, kapag nagkabagyo kailangan magmadaling mamili ng pagkain.
不然菜就要上漲了[7]。 bù rán cài jiù yào shàng zhǎng le	Kung hindi tataas ang presyo ng pagkain.
冬天下雪嗎？ dōng tiān xià xuě ma	Nagkakaniyebe (snow) ba sa tag-lamig?
不下雪。 bú xià xuě	Hindi nagkakaniyebe.
可是冬天不但常常刮風，而且還常常有寒流[8]。 kě shì dōng tiān bú dàn cháng cháng guā fēng ér qiě hái cháng cháng yǒu hán liú	Subalit madalas humangin sa tag-lamig, madalas pang may iglap na paglamig.
春天和秋天就比較舒服了。 chūn tiān hé qiū tiān jiù bǐ jiào shū fú le	Sa tagsibol (spring) at taglagas (autumn) ay mas komportable.

Bokabularyo

19-2

天氣 tiān qì	panahon	比 bǐ	kaysa
昨天 zuó tiān	kahapon	熱 rè	mainit
夏天 xià tiān	tag-init	（經）常 (jīng) cháng	madalas
下雨 xià yǔ	umulan	但是 dàn shì	ngunit
颱風 tái fēng	bagyo	有時候 yǒu shí hòu	minsan
放（～假） fàng (jià)	bakasyon	假（期） jià (qí)	holiday
趕快 gǎn kuài	magmadali	買菜 mǎi cài	bumili ng pagkain
不然 bù rán	kung hindi	上漲 shàng zhǎng	taas ang presyo
冬天 dōng tiān	taglamig	下雪 xià xuě	nag niyebe (snow)

刮風 guā fēng	humangin	寒流 hán liú	Iglap na paglamig
春天 chūn tiān	Tagsibol (spring)	秋天 qiū tiān 	Taglagas (autumn)
舒服 shū fú	komportable	比較 bǐ jiào	paghahambing

✱ Karagdagang Bokabularyo　🎧 19-3

▢ 暖和 katamtaman (na panahon)
　nuǎn huo

▢ 冷 malamig
　lěng

▢ 晴天 maaraw
　qíng tiān

▢ 陰天 makulimlim
　yīn tiān

▢ 閃電 kidlat
　shǎn diàn

▢ 打雷 kulog
　dǎ léi

▢ 氣溫 temperatura
　qì wēn

▢ 下跌 pagbaba
　xià dié

1 Pag-gamit ng salitang **paghahambing** 「Panghalip A 比ㄅㄧˇ "mas" Panghalip B」 or 「numero A 比ㄅㄧˇ "kontra" numero B」

我ㄨㄛˇ 比ㄅㄧˇ 你ㄋㄧˇ 矮ㄞˇ 。

wǒ bǐ nǐ ǎi

Ako ay mas maliit sa yo.

你ㄋㄧˇ 比ㄅㄧˇ 我ㄨㄛˇ 高ㄍㄠ 。

nǐ bǐ wǒ gāo

Ikaw ay mas mataas sa akin.

今ㄐㄧㄣ 天ㄊㄧㄢ 的ㄉㄜ 球ㄑㄧㄡˊ 賽ㄙㄞˋ 四ㄙˋ 比ㄅㄧˇ 五ㄨˇ 。

jīn tiān de qiú sài sì bǐ wǔ

Ang laro ng bola ngayon ay 4 kontra 5.

2 Pag-gamit ng salitang **paghahambing** 「比較 "mas" + Pang-uri」

今天比較冷。
jīn tiān bǐ jiào lěng
Mas malamig ngayong araw.

郵局比較近。
yóu jú bǐ jiào jìn
Mas malapit ang pos opis.

3 Pag-gamit ng salitang 「Berbo + Pangngalan」

下 ＋ 雪 ＝ 下雪
xià xuě xià xuě
Nag niyebe (snow)

下 ＋ 雨 ＝ 下雨
xià yǔ xià yǔ
Umulan

刮 ＋ 風 ＝ 刮風
guā fēng guā fēng
Humangin

19-5

4 Pag-gamit ng salitang「～，但是⋯"ngunit / kaya lang"」

我肚子餓，但是沒有錢。
wǒ dù zi è　dàn shì méi yǒu qián
Gutom na ako, kaya lang wala akong pera.

這件衣服很漂亮，但是很貴。
zhè jiàn yī fú hěn piào liàng　dàn shì hěn guì
Maganda itong damit na ito, kaya lang ang mahal.

我想出去玩，但是功課還沒寫完。
wǒ xiǎng chū qù wán　dàn shì gōng kè hái méi xiě wán
Gusto kong lumabas at maglaro, kaya lang hindi pa tapos ang aking aralin.

5 Pag-gamit ng salitang「～有時候…"minsan"」

爸爸有時候很兇。
bà　ba yǒu shí hòu hěn xiōng
Minsan masungit si tatay.

冬天有時候下雪。
dōng tiān yǒu shí hòu xià xuě
Minsan may niyebe (snow) sa taglamig.

我有時候去(聽)演唱會。
wǒ yǒu shí hòu qù　　tīng yǎn chàng huì
Minsan nanunood ako ng konsyerto.

🎧 19-6

6 Pag-gamit ng salitang 「一ˊ / 一ˋ～就ㄐㄧㄡˋ… "kapag～ay"」

一ˊ放ㄈㄤˋ暑ㄕㄨˇ假ㄐㄧㄚˋ就ㄐㄧㄡˋ很ㄏㄣˇ開ㄎㄞ心ㄒㄧㄣ。

yí fàng shǔ jià jiù hěn kāi xīn

Kapag nagbakasyon na sa tag-init (summer vacation) ay masaya ako.

一ˊ放ㄈㄤˋ假ㄐㄧㄚˋ就ㄐㄧㄡˋ去ㄑㄩˋ游ㄧㄡˊ泳ㄩㄥˇ。

yí fàng jià jiù qù yóu yǒng

Kapag nagbakasyon na ay mag swimming ako.

一ˋ有ㄧㄡˇ時ㄕˊ間ㄐㄧㄢ就ㄐㄧㄡˋ看ㄎㄢˋ書ㄕㄨ。

yì yǒu shí jiān jiù kàn shū

Kapag nagkaroon na ng oras ay magbabasa ako ng libro.

7 Pag-gamit ng salitang「Pangngalan ＋就要 "ay" ＋ Berbo ＋了 "na"」

明天颱風就要來了。
míng tiān tái fēng jiù yào lái le
Ang bagyo ay paparating na bukas.

下週汽油就要上漲了。
xià zhōu qì yóu jiù yào shàng zhǎng le
Ang gasoline ay magtataas na ng presyo sa isang linggo.

六點郵局就要關（門）了。
liù diǎn yóu jú jiù yào guān mén le
Ang pos opis ay magsasara na ng alas-sais.

🔊 19-7

8 Pag-gamit ng mga salitang 「不但 "hindi lamang" ～ ，而且 "at" o "kundi" …」

這西瓜不但甜，而且還很便宜。
zhè xī guā bú dàn tián　　ér qiě hái hěn pián yí
Ang pakwan na ito ay hindi lamang matamis, at napakamura din.

今天不但很冷，而且還下雨。
jīn tiān bú dàn hěn lěng　　ér qiě hái xià yǔ
Hindi lamang malamig ngayong araw, at umuulan pa.

他不但會說中文，而且還會說台語。
tā　bú dàn huì shuō zhōng wén　ér qiě hái huì shuō tái yǔ
Hindi lamang siya nagsasalita ng Mandarin, kundi pati na rin salitang Taiwanese.

9 Pag-gamit ng mga salitang 「常ㄔㄤ（常ㄔㄤ）"madalas" 〜」 at

「不ㄅㄨˋ常ㄔㄤ "madalang" 〜」

我ㄨㄛˇ常ㄔㄤ遲ㄔˊ到ㄉㄠˋ。
wǒ cháng chí dào
Madalas akong nahuhuli (late).

我ㄨㄛˇ不ㄅㄨˋ常ㄔㄤ遲ㄔˊ到ㄉㄠˋ。
wǒ　bù cháng chí dào
Madalang akong mahuli (late).

你ㄋㄧˇ常ㄔㄤ常ㄔㄤ去ㄑㄩˋ爬ㄆㄚˊ山ㄕㄢ嗎ㄇㄚ？
nǐ cháng cháng qù pá shān ma
Madalas ka bang mag-hiking?

我ㄨㄛˇ不ㄅㄨˋ常ㄔㄤ去ㄑㄩˋ爬ㄆㄚˊ山ㄕㄢ。
wǒ　bù cháng qù　pá shān
Madalang akong mag-hiking.

妳ㄋㄧˇ常ㄔㄤ常ㄔㄤ騎ㄑㄧˊ機ㄐㄧ車ㄔㄜ嗎ㄇㄚ？
nǐ cháng cháng qí jī　chē ma
Madalas ka bang sumakay ng motorsiklo?

我ㄨㄛˇ常ㄔㄤ常ㄔㄤ騎ㄑㄧˊ機ㄐㄧ車ㄔㄜ。
wǒ cháng cháng qí jī　chē
Madalas akong sumakay ng motorsiklo.

第 20 課

學中文
xué zhōng wén
Mag-aral ng Mandarin

 20-1

妳在哪裡[1]學中文？ nǐ zài nǎ lǐ xué zhōng wén	Saan ka nag-aaral ng Mandarin?
我在國小夜間補校 wǒ zài guó xiǎo yè jiān bǔ xiào 學中文。 xué zhōng wén	Nag-aaral ako ng Mandarin sa gabi sa isang elementarya.
你學多久了？ nǐ xué duō jiǔ le	Gaano katagal ka nang nag-aaral?
我學兩年多[2]了。 wǒ xué liǎng nián duō le	Mahigit dalawang taon na akong nag-aaral.
那裡有很多同學嗎？ nà lǐ yǒu hěn duō tóng xué ma	Marami ka bang kaklase doon?
有很多啊！ yǒu hěn duō a	Madami!

244

有日本、越南、印尼、
yǒu rì běn yuè nán yìn ní
泰國等國家³的同學。
tài guó děng guó jiā de tóng xué

Merong akong mga kaklase na galing sa Japan, Vietnam, Indonesia, Thailand at iba pang bansa.

有好多新住民在
yǒu hǎo duō xīn zhù mín zài
一起學⁴中文。
yì qǐ xué zhōng wén

Maraming mga bagong residente* ang sama-samang nag-aaral ng Manadarin.

*galing ibang bansa na naging Taiwan citizen na.

學⁵中文很難嗎?
xué zhōng wén hěn nán ma

Mahirap bang mag-aral ng Mandarin?

聽與說比較難。
tīng yǔ shuō bǐ jiào nán

Ang pakikinig at pagsasalita ay mas mahirap.

讀與寫比較容易。
dú yǔ xiě bǐ jiào róng yì

Ang pagbabasa at pagsusulat ay mas madali.

我現在會⁶說一點點⁷
wǒ xiàn zài huì shuō yì diǎn diǎn
台語。
tái yǔ

Nakakapagsalita na ako ngayon ng kaunting Taiwanese.

哇!妳真的好棒喔!
wa nǐ zhēn de hǎo bàng ō

Wow! Ang galing mo talaga!

Bokabularyo 🎧 20-2

哪裡 nǎ lǐ	saan	學 xué	aral
中文 zhōng wén	Mandarin (Chinese language)	國小 guó xiǎo	elementarya
夜間 yè jiān	gabi / panggabi	補校 bǔ xiào ＝附設補 fù shè bǔ 習學校 xí xué xiào	eskwelahang may kadagdagang itinuturo (madalas ay pang-gabi)
很多 hěn duō	marami	同學 tóng xué	kaklase
越南 yuè nán	Vietnam	印尼 yìn ní	Indonesia
泰國 tài guó	Thailand	等 děng	at iba pa (atbp)

246

國家 guó jiā	bansa	好多 hǎo duō	marami
新住民 xīn zhù mín	bagong residente	一起 yì qǐ	sama-sama (sabay)
很 hěn	napaka	難 nán	mahirap / hindi madali
聽 tīng	makinig	說 shuō	magsalita
容易 róng yì	madali	讀 dú	magbasa
寫 xiě	magsulat	一點點 yì diǎn diǎn	kaunti lang
台語 tái yǔ	Taiwanese (dayalekto ng Taiwan)	哇！ wa	wow
好棒 hǎo bàng	ang galing / nakakamangha		

✱ Karagdagang Bokabularyo　🔔 20-3

- 日語 Japanese
  rì yǔ

- 越南語 Vietnamese
  yuè nán yǔ

- 印尼語 Indonesian
  yìn ní yǔ

- 英語 Ingles
  yīng yǔ

- 上課 pagpasok sa klase
  shàng kè

- 下課 pagtatapos ng klase
  xià kè

- 國定假日 Pambansang piyesta opisyal
  guó dìng jià rì

- 請假 umingi ng bakasyon
  qǐng jià

- 課本 aklat-aralin
  kè běn

- 筆記本 kuwaderno (notebook)
  bǐ jì běn

- 鉛筆 lapis
  qiān bǐ

- 橡皮擦 pambura
  xiàng pí cā

20-4

1 Pag-gamit ng mga salitang「Pangngalan / Panghalip ＋ 在ㄗㄞˋ＋哪ㄋㄚˇ裡ㄌ一ˇ "nasaan"？」／「哪ㄋㄚˇ裡ㄌ一ˇ＋有一ㄡˇ "saan meron" ＋ Pangngalan / Panghalip？

學ㄒㄩㄝˊ校ㄒ一ㄠˋ在ㄗㄞˋ哪ㄋㄚˇ裡ㄌ一ˇ？

xué xiào zài nǎ lǐ

Nasaan ang eskwelahan? (hinahanap ang lokasyon ng eskwelahan)

哪ㄋㄚˇ裡ㄌ一ˇ有一ㄡˇ學ㄒㄩㄝˊ校ㄒ一ㄠˋ？

nǎ lǐ yǒu xué xiào

Saan meron eskwelahan? (hindi mahanap ang lokasyon ng eskwelahan, may pag-aalinlangan)

廁ㄘㄜˋ所ㄙㄨㄛˇ在ㄗㄞˋ哪ㄋㄚˇ裡ㄌ一ˇ？

cè suǒ zài nǎ lǐ

Nasaan ang palikuran? (hinahanap ang lokasyon ng palikuran)

哪ㄋㄚˇ裡ㄌ一ˇ有一ㄡˇ廁ㄘㄜˋ所ㄙㄨㄛˇ？

nǎ lǐ yǒu cè suǒ

Saan meron palikuran? (hindi mahanap ang lokasyon ng palikuran, may pag-aalinlangan)

老_{ㄌㄠˇ}師_ㄕ在_{ㄗㄞˋ}哪_{ㄋㄚˇ}裡_{ㄌㄧˇ}？

lǎo shī　zài nǎ　lǐ

Nasaan ang guro? (hinahanap ang lokasyon ng guro)

哪_{ㄋㄚˇ}裡_{ㄌㄧˇ}有_{ㄧㄡˇ}老_{ㄌㄠˇ}師_ㄕ？

nǎ　lǐ　yǒu　lǎo shī

Saan meron guro? (hindi mahanap ang lokasyon ng guro, may pag-aalinlangan)

2 Pag-gamit ng salitang「oras / dami ng oras ＋多_{ㄉㄨㄛ}"higit"

～」

這_{ㄓㄜˋ}一_{ㄧˋ}年_{ㄋㄧㄢˊ}多_{ㄉㄨㄛ}我_{ㄨㄛˇ}每_{ㄇㄟˇ}天_{ㄊㄧㄢ}工_{ㄍㄨㄥ}作_{ㄗㄨㄛˋ}。

zhè　yì nián duō　wǒ　měi tiān gōng zuò

Nagtrabaho ako araw-araw nang higit sa isang taon. (lagpas isang taon)

※ 這_{ㄓㄜˋ}一_{ㄧˋ}年_{ㄋㄧㄢˊ}我_{ㄨㄛˇ}每_{ㄇㄟˇ}天_{ㄊㄧㄢ}工_{ㄍㄨㄥ}作_{ㄗㄨㄛˋ}。

zhè　yì nián wǒ　měi tiān gōng zuò

Nagtratrabaho ako araw-araw sa taong ito. (isang taon)

一_{ㄧˋ}千_{ㄑㄧㄢ}多_{ㄉㄨㄛ}人_{ㄖㄣˊ}參_{ㄘㄢ}加_{ㄐㄧㄚ}比_{ㄅㄧˇ}賽_{ㄙㄞˋ}。

yì qiān duō rén cān jiā bǐ　sài

Higit sa isang libong tao ang sumali sa paligsahan. (lagpas isang libo)

※ 一千人參加比賽。

yì qiān rén cān jiā bǐ sài

Isang libong tao ang sumali sa paligsahan. (isang libo)

🔊 20-5

3 Pag-gamit ng salitang「Pangngalan A、Pangngalan B、

Pangngalan C 等 "at iba pa" ＋ Pangngalan」

我會說英文、中文、韓文等語言。

wǒ huì shuō yīng wén zhōng wén hán wén děng yǔ yán

Marunong akong magsalita ng Ingles, Mandarin, Korean at iba

pang mga wika.

今天要去市場買蘋果、蔬菜、牛肉

jīn tiān yào qù shì chǎng mǎi píng guǒ shū cài niú ròu

等東西。

děng dōng xi

Punta ako sa palengke at bibili ng mansanas, gulay, karneng baka

at iba pang bagay.

我去過越南、印尼、韓國等國家。

wǒ qù guò yuè nán yìn ní hán guó děng guó jiā

Nakapunta na ako sa Vietnam, Indonesia, Korea at iba pang mga

bansa.

4 Pag-gamit ng salitang「一起 "sama-sama o sabay" +

Berbo + Pangngalan」

明天早上我們一起去公司。

míng tiān zǎo shàng wǒ men yì qǐ qù gōng sī

Sabay tayong pumunta ng kumpanya bukas ng umaga.

我們一起寫功課。

wǒ men yì qǐ xiě gōng kè

Sama-sama tayong magsulat ng aralin.

可以和我一起吃飯嗎？

kě yǐ hé wǒ yì qǐ chī fàn ma

Pwede ka bang sumabay sa akin kumain?

🎧 20-6

5 Pag-gamit ng salitang「學ㄒㄩㄝˊ "mag-aral" ～」

學ㄒㄩㄝˊ 台ㄊㄞˊ 語ㄩˇ

xué tái yǔ

Mag-aral magsalita ng Taiwanese

學ㄒㄩㄝˊ 唱ㄔㄤˋ 歌ㄍㄜ

xué chàng gē

Mag-aral kumanta

學ㄒㄩㄝˊ 跳ㄊㄧㄠˋ 舞ㄨˇ

xué tiào wǔ

Mag-aral sumayao

6 Pag-gamit ng salitang「會ㄏㄨㄟˋ "marunong" ～」

會ㄏㄨㄟˋ 開ㄎㄞ 車ㄔㄜ

huì kāi chē

Marunong magmaneho

會ㄏㄨㄟˋ 台ㄊㄞˊ 語ㄩˇ

huì tái yǔ

Marunong magsalita ng Taiwanese

7 Pag-gamit ng salitang 「Berbo ＋ 一點點 "kaunti / pakonti-konti"」

每天進步一點點。

měi tiān jìn bù　yì diǎn diǎn

Umaasenso ng pakonti-konti bawat araw.

請再靠近一點點。

qǐng zài kào jìn　yì diǎn diǎn

Mangyaring lumapit ka pa ng kaunti.

請再買一點點。

qǐng zài mǎi yì diǎn diǎn

Mangyaring bumili ng kaunti pa.

第 ㄉㄧˋ **21** 課 ㄎㄜˋ

市 ㄕˋ 場 ㄔㄤˇ
shì chǎng
Palengke

Pakikipagusap

 21-1

我 ㄨㄛˇ 要 ㄧㄠˋ 買 ㄇㄞˇ 這 ㄓㄜˋ 個 ㄍㄜˋ 。 wǒ yào mǎi zhè ge	Gusto kong bilhin ito.
這 ㄓㄜˋ 條 ㄊㄧㄠˊ 魚 ㄩˊ 新 ㄒㄧㄣ 不 ㄅㄨˋ 新 ㄒㄧㄣ 鮮 ㄒㄧㄢ[1] 呢 ㄋㄜ˙ ? zhè tiáo yú xīn bù xīn xiān ne	Sariwa ba ang isdang ito?
當 ㄉㄤ 然 ㄖㄢˊ[2] 新 ㄒㄧㄣ 鮮 ㄒㄧㄢ 啊 ㄚ˙ ! dāng rán xīn xiān a	Syempre sariwa!
這 ㄓㄜˋ 個 ㄍㄜˋ 怎 ㄗㄣˇ 麼 ㄇㄜ˙ 賣 ㄇㄞˋ[3] ? zhè ge zěn me mài	Magkano benta mo nito?
一 ㄧˋ 斤 ㄐㄧㄣ 九 ㄐㄧㄡˇ 十 ㄕˊ 元 ㄩㄢˊ 。 yì jīn jiǔ shí yuán	90 yuan ang 1 libra (pound).

怎麼那麼貴？ zěn me nà me guì	Bakit ang mahal naman?
算⁴ 便宜一點好嗎？ suàn pián yí yì diǎn hǎo ma	Pwede bang murahan mo ng konti?
好！算你一斤七十就 hǎo suàn nǐ yì jīn qī shí jiù 好。 hǎo	Sige! Pwede na 70 ang 1 libra.
我還要買蝦子。 wǒ hái yào mǎi xiā zi	Bibili pa ako ng hipon.
幫我秤一秤多少錢？ bāng wǒ chèng yí chèng duō shǎo qián	Timbangin mo nga kung magkano?
總共⁵ 算你三百元就 zǒng gòng suàn nǐ sān bǎi yuán jiù 好。 hǎo	Kabuuan ibigay ko ng 300 yuan pwede na.

Bokabularyo

21-2

條 tiáo （單位量詞） (dān wèi liàng cí)	piraso (yunit ng mahabang bagay)	魚 yú	isda
新鮮 xīn xiān	sariwa	當然 dāng rán	syempre
斤 jīn	libra	那麼 nà me	Tapos... (madalas gamiting ekspresyon)
貴 guì	Mahal (expensive)	算 suàn	bilang
便宜 pián yí	mura	就好 jiù hǎo	na lang
還要 hái yào	din	蝦子 xiā zi	hipon
秤 chèng	timbang	總共 zǒng gòng	kabuuan (lahat)

✳ Karagdagang Bokabularyo 🎵 21-3

- 雞ㄐㄧ manok
  jī

- 鴨ㄧㄚ pato
  yā

- 豬ㄓㄨ肉ㄖㄡ karneng baboy
  zhū ròu

- 牛ㄋㄧㄡ肉ㄖㄡ karneng baka
  niú ròu

- 絞ㄐㄧㄠ肉ㄖㄡ giniling na karne
  jiǎo ròu

- 蔬ㄕㄨ菜ㄘㄞ gulay
  shū cài

- 高ㄍㄠ麗ㄌㄧ菜ㄘㄞ repolyo
  gāo lí cài

- 紅ㄏㄨㄥ蘿ㄌㄨㄛ蔔ㄅㄛ karot
  hóng luó bo

- 薑ㄐㄧㄤ luya
  jiāng

- 蒜ㄙㄨㄢ頭ㄊㄡ bawang
  suàn tóu

- 辣ㄌㄚ椒ㄐㄧㄠ sili
  là jiāo

- 大ㄉㄚ白ㄅㄞ菜ㄘㄞ repolyo ng Tsino
  dà bái cài

- 蔥ㄘㄨㄥ dahon ng sibuyas
  cōng

- 洋ㄧㄤ蔥ㄘㄨㄥ sibuyas
  yáng cōng

Pag-gamit ng gramatika   🎧 21-4

1 Pag-gamit ng salitang「unang salitang Pang-uri ＋不ㄅㄨˋ / 不ㄅㄨˋ "hindi" ＋ Pang-uri ？」＝「Pang-uri ＋嗎ㄇㄚˊ "ba" ？」

pang-uri	interogatibong pangungusap	
新ㄒㄧㄣ鮮ㄒㄧㄢ xīn xiān sariwa	新ㄒㄧㄣ不ㄅㄨˋ新ㄒㄧㄣ鮮ㄒㄧㄢ？ xīn bù xīn xiān Sariwa o hindi?	＝新ㄒㄧㄣ鮮ㄒㄧㄢ嗎ㄇㄚ？ xīn xiān ma Sariwa ba?
好ㄏㄠˇ吃ㄔ hǎo chī masarap	好ㄏㄠˇ不ㄅㄨˋ好ㄏㄠˇ吃ㄔ？ hǎo bù hǎo chī Masarap o hindi?	＝好ㄏㄠˇ吃ㄔ嗎ㄇㄚ？ hǎo chī ma Masarap ba?
屬ㄌㄧˋ害ㄏㄞˋ lì hài magaling	屬ㄌㄧˋ不ㄅㄨˋ屬ㄌㄧˋ害ㄏㄞˋ？ lì bú lì hài Magaling o hindi?	＝屬ㄌㄧˋ害ㄏㄞˋ嗎ㄇㄚ？ lì hài ma Magaling ba?
開ㄎㄞ心ㄒㄧㄣ kāi xīn masaya	開ㄎㄞ不ㄅㄨˋ開ㄎㄞ心ㄒㄧㄣ？ kāi bù kāi xīn Masaya o hindi?	＝開ㄎㄞ心ㄒㄧㄣ嗎ㄇㄚ？ kāi xīn ma Masaya ba?

2 Pag-gamit ng salitang 「當然 "syempre" ～」

當然沒問題。

dāng rán méi wèn tí

Syempre walang problema.

當然不能違法。

dāng rán bù néng wéi fǎ

Syempre hindi pwedeng lumabag sa batas.

當然可以啊。

dāng rán kě yǐ a

Syempre pwede.

3 Pag-gamit ng salitang 「怎麼 "paano" ＋ Berbo ？」

這個怎麼用？

zhè ge zěn me yòng

Paano gawin ito?

電話怎麼撥？

diàn huà zěn me bō

Paano itawag ang teleponong ito?

4 Pag-gamit ng salitang 「算ㄙㄨㄢˋ "kung iisipin" ～」 🎧 21-5

算ㄙㄨㄢˋ快ㄎㄨㄞˋ一ㄧˋ點ㄉㄧㄢˇ。

suàn kuài yì diǎn

Medyo mabilis na kung iisipin.

算ㄙㄨㄢˋ太ㄊㄞˋ貴ㄍㄨㄟˋ了ㄌㄜ。

suàn tài guì le

Masyadong mahal kung iisipin.

5 Pag-gamit ng mga salita na parehong nagsasaad ng "kabuuan" o "lahat" 「總ㄗㄨㄥˇ共ㄍㄨㄥˋ (有ㄧㄡˇ) ～」=「一ㄧˊ共ㄍㄨㄥˋ (有ㄧㄡˇ) ～」

總ㄗㄨㄥˇ共ㄍㄨㄥˋ有ㄧㄡˇ幾ㄐㄧˇ個ㄍㄜˋ房ㄈㄤˊ間ㄐㄧㄢ？=一ㄧˊ共ㄍㄨㄥˋ有ㄧㄡˇ幾ㄐㄧˇ個ㄍㄜˋ房ㄈㄤˊ間ㄐㄧㄢ？

zǒng gòng yǒu jǐ ge fáng jiān   yí gòng yǒu jǐ ge fáng jiān

Ilan ang kabuuang bilang ng kuwarto?

總ㄗㄨㄥˇ共ㄍㄨㄥˋ有ㄧㄡˇ五ㄨˇ位ㄨㄟˋ。=一ㄧˊ共ㄍㄨㄥˋ有ㄧㄡˇ五ㄨˇ位ㄨㄟˋ。

zǒng gòng yǒu wǔ wèi   yí gòng yǒu wǔ wèi

5 lahat ang kabuuan.

總ㄗㄨㄥˇ共ㄍㄨㄥˋ多ㄉㄨㄛ少ㄕㄠˇ錢ㄑㄧㄢˊ？=一ㄧˊ共ㄍㄨㄥˋ多ㄉㄨㄛ少ㄕㄠˇ錢ㄑㄧㄢˊ？

zǒng gòng duō shǎo qián   yí gòng duō shǎo qián

Magkano lahat?

第 22 課

點ㄉㄧㄢˇ 飲ㄧㄣˇ 料ㄌㄧㄠˋ
diǎn yǐn liào
Pagbili ng inumin

Pakikipagusap

 22-1

歡ㄏㄨㄢ 迎ㄧㄥˊ 光ㄍㄨㄤ 臨ㄌㄧㄣˊ。 huān yíng guāng lín	Maligayang pagdating. (Welcome)
你ㄋㄧˇ要ㄧㄠˋ點ㄉㄧㄢˇ什ㄕㄣˊ麼ㄇㄜ飲ㄧㄣˇ料ㄌㄧㄠˋ[1] ？ nǐ yào diǎn shén me yǐn liào	Ano ang gusto mong inumin?
我ㄨㄛˇ要ㄧㄠˋ一ㄧˋ杯ㄅㄟ冰ㄅㄧㄥ的ㄉㄜ珍ㄓㄣ珠ㄓㄨ奶ㄋㄞˇ wǒ yào yì bēi bīng de zhēn zhū nǎi 茶ㄔㄚˊ和ㄏㄜˊ一ㄧˋ杯ㄅㄟ熱ㄖㄜˋ的ㄉㄜ拿ㄋㄚˊ鐵ㄊㄧㄝˇ。 chá hé yì bēi rè de ná tiě	Gusto ko ng 1 basong malamig na "sago milk tea" at 1 basong mainit na latte.
珍ㄓㄣ珠ㄓㄨ奶ㄋㄞˇ茶ㄔㄚˊ要ㄧㄠˋ zhēn zhū nǎi chá yào 半ㄅㄢˋ糖ㄊㄤˊ去ㄑㄩˋ冰ㄅㄧㄥ[2]。 bàn táng qù bīng 	Kalahati ang asukal at walang yelo yung "sago milk tea".

拿ㄋㄚˊ鐵ㄊㄧㄝˇ要ㄧㄠˋ無ㄨˊ糖ㄊㄤˊ。 ná tiě yào wú táng 	Walang asukal yung latte.
要ㄧㄠˋ中ㄓㄨㄥ杯ㄅㄟ還ㄏㄞˊ是ㄕˋ大ㄉㄚˋ杯ㄅㄟ？ yào zhōng bēi hái shì dà bēi	Anong gusto mo katamtaman o malaking baso?
都ㄉㄡ要ㄧㄠˋ大ㄉㄚˋ杯ㄅㄟ。 dōu yào dà bēi	Malaking baso lahat.
大ㄉㄚˋ杯ㄅㄟ拿ㄋㄚˊ鐵ㄊㄧㄝˇ第ㄉㄧˋ二ㄦˋ杯ㄅㄟ半ㄅㄢˋ價ㄐㄧㄚˋ。 dà bēi ná tiě dì èr bēi bàn jià	Kalahati lang ang presyo ng pangalawang baso ng malaking latte.
大ㄉㄚˋ杯ㄅㄟ拿ㄋㄚˊ鐵ㄊㄧㄝˇ我ㄨˇ還ㄏㄞˊ要ㄧㄠˋ再ㄗㄞˋ一ㄧˋ杯ㄅㄟ[4]。 dà bēi ná tiě wǒ hái yào zài yì bēi	Gusto ko ng isa pang malaking latte.
還ㄏㄞˊ有ㄧㄡˇ需ㄒㄩ要ㄧㄠˋ什ㄕˊ麼ㄇㄜ？ hái yǒu xū yào shén me	Ano pang kailangan?
再ㄗㄞˋ一ㄧˊ個ㄍㄜˋ草ㄘㄠˇ莓ㄇㄟˊ蛋ㄉㄢˋ糕ㄍㄠ[5]。 zài yí ge cǎo méi dàn gāo	Isa pang strawberry cake.

這樣多少錢？ zhè yàng duō shǎo qián	Magkano?
你有會員卡嗎？ nǐ yǒu huì yuán kǎ ma	Mayroon ka bang membership card?
沒有。 méi yǒu	Wala.
總共兩百三十元。 zǒng gòng liǎng bǎi sān shí yuán	230 yuan ang kabuuan.
要刷卡還是付現金6？ yào shuā kǎ hái shì fù xiàn jīn	Mag swipe ng card o cash?
我要付現金。 wǒ yào fù xiàn jīn	Magbabayad ako ng cash.
找您二十元，謝謝。 zhǎo nín èr shí yuán xiè xie	Sukli mo 20 yuan, Salamat.

264

Bokabularyo

🎧 22-2

點 diǎn	order	飲料 yǐn liào	inumin
冰 bīng	malamig	珍珠奶茶 zhēn zhū nǎi chá	sago milk tea
拿鐵 ná tiě	latte	熱 rè	mainit
去冰 qù bīng	walang yelo	半糖 bàn táng	kalahati ang asukal
中杯 zhōng bēi	katamtamang baso (tasa)	無糖 wú táng	walang asukal
都要 dōu yào	lahat	大杯 dà bēi	malaking baso (tasa)
半價 bàn jià	kalahati ang presyo	第二杯 dì èr bēi	pangalawang baso (tasa)
蛋糕 dàn gāo	cake	草莓 cǎo méi	strawberry
刷卡 shuā kǎ	swipe ng card	會員卡 huì yuán kǎ	membership card
現金 xiàn jīn	cash		

✸ Karagdagang Bokabularyo　🎵22-3

☐ 溫ㄨㄣ maligamgam
wēn

☐ 少ㄕㄠ 冰ㄅㄧㄥ konting yelo
shǎo bīng

☐ 小ㄒㄧㄠ 杯ㄅㄟ maliit na baso (tasa)
xiǎo bēi

☐ 紅ㄏㄨㄥ 茶ㄔㄚ black tea
hóng chá

☐ 綠ㄌㄩ 茶ㄔㄚ green tea
lǜ chá

☐ 烏ㄨ 龍ㄌㄨㄥ 茶ㄔㄚ Oolong tea
wū lóng chá

☐ 黑ㄏㄟ 咖ㄎㄚ 啡ㄈㄟ Black coffee
hēi kā fēi

☐ 巧ㄑㄧㄠ 克ㄎㄜ 力ㄌㄧ tsokolate
qiǎo kè lì

☐ 悠ㄧㄡ 遊ㄧㄡ 卡ㄎㄚ Yoyo card/Easy card
yōu yóu kǎ

☐ 外ㄨㄞ 帶ㄉㄞ take out
wài dài

☐ 內ㄋㄟ 用ㄩㄥ dine-in
nèi yòng

1 Pag-gamit ng salitang「點ㄉㄧㄢˇ "order" + pagkain / inumin」

我ㄨㄛˇ要ㄧㄠˋ點ㄉㄧㄢˇ豬ㄓㄨ排ㄆㄞˊ套ㄊㄠˋ餐ㄘㄢ。

wǒ yào diǎn zhū pái tào cān

Oorder ako ng pork chop set meal. (Gusto ko ng pork chop set meal.)

我ㄨㄛˇ要ㄧㄠˋ點ㄉㄧㄢˇ一ㄧˋ杯ㄅㄟ黑ㄏㄟ咖ㄎㄚ啡ㄈㄟ。

wǒ yào diǎn yì bēi hēi kā fēi

Oorder ako ng isang tasang black coffee. (Gusto ko ng 1 cup black coffee.)

2 Pag-gamit ng mga salitang ukol sa dami ng asukal at yelo ng inumin 「～糖ㄊㄤˊ "asukal" … 冰ㄅㄥ "yelo"」

Asukal

正ㄓㄥˋ常ㄔㄤˊ糖ㄊㄤˊ（100%）
zhèng cháng táng

少ㄕㄠˇ糖ㄊㄤˊ（80%）
shǎo táng

半ㄅㄢˋ糖ㄊㄤˊ（50%）
bàn táng

微ㄨㄟ糖ㄊㄤˊ（30%）
wéi táng

無ㄨˊ糖ㄊㄤˊ（0%）
wú táng

Yelo

正ㄓㄥˋ常ㄔㄤˊ冰ㄅㄥ（100%）
zhèng cháng bīng

少ㄕㄠˇ冰ㄅㄥ（80%）
shǎo bīng

微ㄨㄟ冰ㄅㄥ（30%）
wéi bīng

去ㄑㄩˋ冰ㄅㄥ（0%）
qù bīng

半ㄅㄢˋ糖ㄊㄤˊ正ㄓㄥˋ常ㄔㄤˊ冰ㄅㄥ
bàn táng zhèng cháng bīng
Kalahati lang ang asukal, normal ang yelo

正ㄓㄥˋ常ㄔㄤˊ糖ㄊㄤˊ少ㄕㄠˇ冰ㄅㄥ
zhèng cháng táng shǎo bīng
Normal ang asukal, konti lang ang yelo

無ㄨˊ糖ㄊㄤˊ去ㄑㄩˋ冰ㄅㄥ
wú táng qù bīng
Walang asukal, walang yelo

糖ㄊㄤˊ、冰ㄅㄥ（塊ㄎㄨㄞˋ）都ㄉㄡ正ㄓㄥˋ常ㄔㄤˊ
táng bīng (kuài) dōu zhèng cháng
Asukal at yelo, normal (100%) lahat

3 Pag-sasaad ng mga salitang ukol sa 「tamis」 at 「dami ng yelo」 ng inumin

A + B + C + D

正常糖 zhèng cháng táng (100%)	正常冰 zhèng cháng bīng (100%)
少糖 shǎo táng (80%)	少冰 shǎo bīng (80%)
半糖 bàn táng (50%)	微冰 wéi bīng (30%)
微糖 wéi táng (30%)	去冰 qù bīng (0%)
無糖 wú táng (0%)	溫 wēn (maligamgam)

我要一杯
wǒ yào
yì bēi

的珍珠奶茶。
de zhēn zhū
nǎi chá

🎵 22-5

4 Pag-gamit ng salitang「再ㄗㄞ "muli" + numero + yunit」

再ㄗㄞ 一ㄧ 杯ㄅㄟ
zài　yì　bēi
Isang baso pang muli

再ㄗㄞ 一ㄧ 碗ㄨㄢ
zài　yì　wǎn
Isang mangkok pang muli

再ㄗㄞ 一ㄧ 次ㄘ
zài　yí　cì
Isang beses pang muli

5 Pag-gamit ng salitang「Pangngalan +蛋ㄉㄢ糕ㄍㄠ "cake"」

巧ㄑㄧㄠ克ㄎㄜ力ㄌㄧ蛋ㄉㄢ糕ㄍㄠ
qiǎo kè　lì　dàn　gāo
Tsokolateng cake (chocolate cake)

芋ㄩ頭ㄊㄡ蛋ㄉㄢ糕ㄍㄠ
yù　tóu　dàn　gāo
Taro cake

咖ㄎㄚ啡ㄈㄟ蛋ㄉㄢ糕ㄍㄠ
kā　fēi　dàn　gāo
Coffee cake

生ㄕㄥ日ㄖ蛋ㄉㄢ糕ㄍㄠ
shēng rì　dàn　gāo
Birthday cake

6 Pag-gamit ng salitang 「要～還是…"gusto～o ..."」

你要咖啡還是奶茶？

nǐ　yào kā　fēi　hái　shì　nǎi　chá

Gusto mo ng kape o milk tea?

你要冰的還是熱的？

nǐ　yào bīng de　hái　shì　rè　　de

Gusto mo ng malamig o mainit?

你要甜的還是鹹的？

nǐ　yào tián　de　hái　shì　xián de

Gusto mo ng matamis o maalat?

你要刷卡還是付現金？

nǐ　yào shuā　kǎ　hái　shì　fù　xiàn jīn

Gusto mo mag swipe ng kard o magbayad ng cash?

國家圖書館出版品預行編目(CIP)資料

菲律賓人輕鬆學中文 = Matuto ng Mandarin sa Madaling Paraan/陳承泰編
著. -- 初版. -- 新北市 : 智寬文化事業有限公司, 2021.03
面 ; 公分. --(外語學習系列 ; A023)
ISBN 978-986-99111-2-2(平裝)

1.漢語 2.讀本

802.86   110002885

外語學習系列 A023
菲律賓人輕鬆學中文（附QR Code音檔）
Matuto ng Mandarin sa Madaling Paraan
2023年2月　初版第2刷

音檔請擇一下載
下載點A　　下載點B

編著者	陳承泰／陳文智
中文錄音	常青（資深華語教師）
出版者	智寬文化事業有限公司
地址	23558新北市中和區中山路二段409號5樓
E-mail	john620220@hotmail.com
電話	02-77312238‧02-82215078
傳真	02-82215075
印刷者	永光彩色印刷股份有限公司
總經銷	紅螞蟻圖書有限公司
地址	台北市內湖區舊宗路二段121巷19號
電話	02-27953656
傳真	02-27954100
定價	新台幣400元
郵政劃撥‧戶名	50173486‧智寬文化事業有限公司